方中街99號

花格子◎著
蘇力卡◎圖

名家推薦

陳素宜（少兒文學作家）：

不同於一般的隔代教養，真真跟著爺爺的小醫女魔鬼訓練，不是迫於父母親工作上、經濟上的困難，而是出於真真自己的選擇。不喜歡被媽媽安排、控制的真真，卻在爺爺的身教言教當中，得到蛻變成長，是值得大人們思考反省的事實。不同於一般轟轟烈烈的戀情，真真跟晨光的感情在日常生活中淡淡成形，雖然年少，但不輕狂，或許是信任和自省的教育方式使然吧。流暢且帶幽默的文筆，取材生活化卻新穎不俗，讓《方中街99號》充滿知性，又帶感性，是一部很棒的作品！

游珮芸（台東大學兒童文學研究所所長）：

以簡潔、明快的第一人稱口吻，娓娓敘說一段動人的青春紀事，插敘與倒敘的應用皆精巧流暢。

作者不刻意雕琢文字，卻有帶領讀者親臨現場的功力；貼切的對白設計，讓主角之外，每一位出場人物都鮮活立體。

不著痕跡的祖孫之情、初戀的青澀滋味、澎湖與台東的風土人情，加上以中醫與藥草知識襯底，讓一位少女的成長故事除了展現情感上的細膩，同時又具備有台灣地方與時代的風味。是少兒小說，同時也是成人讀者堪能玩味的作品。結局的「不完美」，讀畢後，另有一種餘韻，留下一幅幅清新電影般的畫面，在腦中盤旋。

黃秋芳（少兒文學作家）：

這個在舊氛圍中藏著新趣味、把「說教」情懷寫得極有意思的故事，在擬真的青少年叛逆與抗拒中，找出切身領略的熱情，從而發展出可以豐富一輩子的內在能量和外在能力，重新肯定時間的厚度和傳統的累積，並且透徹思索，對我們漫長的一輩子而言，最珍貴的教育是什麼？愛？奉獻？感恩？信任？勞動？疼痛？失落？珍惜？錯過？……這些觸動初想，如水裡的種子飄過，只有和自己的生命經驗相應，才能打撈起來，種植成生命的大樹。

小說收尾的淡筆勾勒，追摹出經典小說《千江有水千江月》大信對貞觀一封「我很遺憾」而後失聯的惆悵深情，寫出青少年小說跨向和主流文學匯流的新里程，更能釐清青少年小說的創作和閱讀，只有「好小說」的唯一標準，沒有「青少年小說」的邊界和局限。

目錄

曾經，
我在方中街九十九號進行小醫女的魔鬼訓練，
那是一段很難忘記的青春歲月……

1 蜈蚣島

春分——春季開始

在下，小妹，我，江湖人稱「小靈通」，個性活潑大方，有那麼一點小驕傲。放心，只有一丁點，還不到討人厭的樣子，但這不重要，重要的是，此刻的我正要出發前往蜈蚣島。

「蜈蚣島」，這名字是我取的，你可千萬別在衛星導航上這樣尋找。它其實是澎湖南海上的一座小島，叫做「虎井」。

第一次聽到爺爺告訴我這個地名的時候，我曾納悶的問爺爺：

「虎井——那裡有沒有很多老虎？還是，有一口像老虎的井？」

「沒有，一隻老虎也沒有。」爺爺不疾不徐，掛著笑容繼續說道：「倒是有很多蜈蚣。」

「蜈蚣？？？」我的腦海裡瞬間出現蜈蚣的畫面，一條條紅紅長長的多足體動物，無聲無息的在地上爬行。我對牠們說不上厭惡，但……也沒有任何好感。

是因為牠們有毒？還是因為牠們喜歡陰暗潮濕？是了，大概是因為牠們喜歡陰暗潮濕，而我喜歡陽光；還有，你肯定沒聽牠們說過話、唱過歌，我就不同，我天生愛說話，對，這應該就是我們最大的不同。

爺爺看我的表情不太對，忍不住捉狹我：「怎麼啦？江湖人稱『小靈通』的方真真，也害怕蜈蚣？」

「哼！笑話，又不會吃了我！」我不屑的昂起頭。

是呦～，牠們的確是吃不了我，只是，後來的事件證明，牠們還

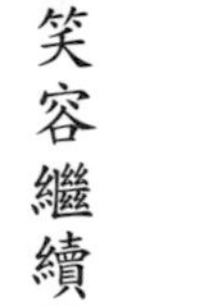

是讓我吃了不少苦頭。

「那我訂妳的機票囉！」

「那是當然，我是您最好的助手呢！」我趕緊回話，免得爺爺變掛。

飛機降落在馬公機場，我們驅車前往南海碼頭。虎井嶼離馬公本島很近，十來分鐘的船程就到了。

「江湖人稱『小靈通』的方真真，此刻正要出發前往蜈蚣島。」我在船上玩起自拍，錄下了這麼一段話。

傳送！準備跟我最好的朋友小均一起分享。

站在船尾的甲板，迎著風，看著陽光照耀下的粼粼波光，就像無數個小精靈在水面上跳躍。我就像名興奮的觀光客，對未來旅程懷抱著滿心期待，但轉身看爺爺，他卻一動不動的坐在船艙裡，像尊泥菩薩。

踏上岸，兩三個用布巾包頭的婦人馬上靠攏過來，招呼我們前往餐館用餐。爺爺擺擺手說不急，他要帶我到這裡的西門町走走。

「這裡也有西門町啊？」我覺得很有趣。

西門町可是台北的繁華街道，那裡有炫彩的燈光，有年輕人喜歡的商店與小飾品，在流動與擁擠的人潮中，揮灑出來的代名詞就是「青春」。

而這裡的西門町，大約是條百來公尺的名產街，算是這個樸實的小島最熱鬧的地方。小販的攤位上賣著一些當地的特產：鮮魚湯、花枝丸、仙人掌汁……，最引人駐足好奇的要屬一瓶一瓶的蜈蚣酒了。

我盯著那一瓶瓶透明的瓶身看，每一瓶裡頭都有一隻蜈蚣。其中一瓶的蜈蚣可是巨無霸等級的，直立漂浮，惹得一群人圍觀，瞠目結舌。而那瓶子裡，除了一整隻完整的蜈蚣，以及淡淡茶色的液體外，

再沒有其他東西了。

我指著它問爺爺：「這個，就是我們大老遠來這裡的目的？」

爺爺點點頭。

「好，那我們速戰速決，買一瓶。」

爺爺搖搖頭，慢條斯理的說：「不，一瓶哪夠？」

「不夠啊！那我們跟老闆訂，請他寄過來，說不定量多，還可以免運費。」我靠近爺爺，感覺自己像個獻良策的軍師。

「不急，我們要自己做。」

「您的意思——您要自己抓？」

「嗯，」爺爺這回點頭了，不過隨後又輕輕搖頭，他有時候就是這麼令人著急。「正確來說不是我，是妳！」

說「妳」的時候，還特別指著我的鼻尖，加重了音調。

我？我彷彿明白什麼叫做「晴天霹靂」，但在事情沒有完全明朗之前，我還不想給自己判死刑。

我連忙問爺爺：「您該不會說，我們這幾天都要在這裡抓蜈蚣，做蜈蚣酒，然後把它們都帶回台北吧？」

「聰明！」

什麼世界啊？我的心涼了半截，我答應要幫好朋友小均買星砂的，我期待澎湖之旅的，美麗的陽光、沙灘、天人菊……，怎麼現在只剩蜈蚣、蜈蚣……以及蜈蚣酒了呢？

「不要啦！人家『小靈通』要去玩啦！」

爺爺往前走他的，裝沒聽見。

「不管啦！人家要去玩啦！」我繼續追上前。

「等辦完事再說！」

唉！這時候的爺爺回話簡潔俐落，一槍就斃了你，別再囉唆！

2 來瓶蜈蚣酒

清明—天氣溫暖，景象新鮮

到民宿，約莫休息一會兒，天就黑了。

爺爺熄了根菸，叫我趕緊出發。他先帶我去雜貨店買膠鞋、塑膠手套，又丟了一個水桶給我。我拿著空桶子東搖西晃，不怎麼樂意的。

「走吧！既來之則安之。」

是啊，不安也不行了。

我雖然比較想四處遊玩，但人在江湖，身不由己啊！

低頭看看水桶，轉念一想，反正抓蜈蚣這件事我也從來沒試過，說不定很好玩呢！現在正流行體驗，什麼都可以體驗一下，城市農夫、城市漁夫，何況我自稱「方大膽」，怕什麼？

給自己正向思考之後，心情果真不同，變得——還不錯！

我笑了：「爺～，到哪兒去抓啊？」我追上他。

「東邊的山頭。」

他指揮我到路旁的草地，「先弄一些大花咸豐草，鋪在桶子底。」

「是！」我跑了去，大花咸豐草很好辨認。

真真的人體大腦記憶庫

大花咸豐草，紫紅色的莖，開著白色花瓣，花瓣中央還有群聚在一起的管狀黃花。

療效：可做藥草，清熱、解毒又利尿。

我懂的。

「爺爺，我鋪好了，要給蜈蚣當家嗎？」我想起釣魚的人也要在魚簍裡放一些水。

「是怕牠們互相咬死了。」

我一聽，吐吐舌。

「走，出發吧！」爺爺騎著租來的摩托車，帶我上山去。

上坡的路上，我發現東邊和西邊的山頭都閃耀著一道道的光，一到達東邊的山上，更忍不住驚呼：「哇！這麼多人！」

真的很多人的，大人小孩都來了。我從沒想過，有這樣一個地方，會吸引全家的人一起出動抓蜈蚣。

爺爺說：「蜈蚣是夜行性動物，現在是清明，時節正好，又剛下過雨，蜈蚣特別多。」

我還是不免疑惑：「爺爺，台灣本島就有蜈蚣，何必大老遠到這裡來呢？」

爺爺回答：「台灣本島的蜈蚣雖多，但多是紅頭黃腳的少棘蜈蚣，這裡的少棘蜈蚣不一樣，是紅頭紅腳的。就是《本草綱目》裡記載，適合做藥酒的那一種。」

「喔，我懂了，是極品。」

「呵呵！算是吧！」

爺爺給了我一把鑷子、一個頭燈。我戴上頭燈，手裡拿著鑷子，等會兒的工作就是尋找，把看到的蜈蚣夾進桶子裡。

「記得抓身體長一點的。」爺爺叮嚀我。

「您不抓啊？」我很好奇。

「有小靈通就夠了。」

這爺爺，和我相處快一年，果然對我愈來愈放心了。

我在石頭下、雜草中發現了一些，一開始，我都會問爺爺：

「這一條可以嗎？」

「那這一條呢？」

爺爺勉強用頭燈看看，總是搖頭。

後來他不禁煩，直接告訴我：「和妳一扠差不多的再要吧！」

「我的一扠，學校上數學課有量過，差不多十八公分呢！」

我蹲著身子，低著頭這邊翻翻，那邊找找，忙東忙西的結果，符合爺爺標準的，總共只有——八條！

回到民宿，爺爺把抓到的蜈蚣放進高粱酒，民宿老闆稱讚道：

「看來，你是行家！我們這裡的蜈蚣酒，治療風濕和筋骨酸痛最有效了。」

「是啊，朋友要的。」

爺爺拿著鑷子，把活的蜈蚣洗淨，接著，放進高粱酒裡。

長長的蜈蚣扭動著身體，不知道是不是醉了？

「嗨，蜈蚣，你醉了嗎？」我隔著瓶身問牠，但牠當然不會理我。

高粱酒的酒精濃度挺高，爺爺選的這一瓶，酒精濃度甚至有百分之五十八。

爺爺說：「現在的牠正不停的在噴毒。」

「噴毒？」

我問爺爺：「為什麼不能等牠們死了以後再放進去呢？這樣動來動去，好噁心啊！」

「死的蜈蚣泡酒容易變黑，不能喝的。」

爺爺把剛浸泡的蜈蚣酒平放，叫我別亂動。他說，這樣的蜈蚣酒，裡頭的蜈蚣身體是直的，往後再擺正，身體不會扭曲。

我想起在街道上賣的蜈蚣酒，果然一隻一隻像海馬般直挺挺的，據說，這樣的賣相比較好。

我盯著那蜈蚣瞧，心想：你這樣算永垂不朽嗎？你的一生就這樣結束了，大家爭相買你，這就是你的價值嗎？

我還是忍不住好奇：「這蜈蚣不是有毒嗎？怎能拿來治病呢？」

爺爺解釋：「天生萬物一物剋一物，很有趣的。」

民宿老闆拿出一瓶蜈蚣酒，他說：「這瓶是我一年前泡好的，小妹妹，要不要喝一點？這喝了很補，臉色會紅潤，會變很漂亮喔！」

我心想：那種有毒的東西，我才不碰！

「不用了，平常補習、補功課，我已經補得夠多了，還有，我已經很漂亮了。」

老闆和爺爺聽我這麼說，都笑了。

爺爺輕聲訓斥著：「哪有人臉皮這麼厚，誇自己漂亮的？」

「我實話實說嘛！你們大人最奇怪了，藥酒又不是可樂？喝那麼難喝的東西，自虐嗎？」我在心中暗暗發誓，這種毒酒，一定不碰。

老闆很驚訝：「妳竟然拿可樂跟這個比，真是不識貨。」

爺爺說：「她還小，很多事情還不懂。不過每個人的體質不一樣，這效用還是因人而異，不能太誇大的。」

3 白日夢民宿

穀雨──雨水增加

這間臨海的民宿只有二層樓，它有一個奇怪的名字，叫做白日夢。老闆說：「歡迎來白日夢，做做白日夢。」

民宿的老闆還收購了兩艘當地廢棄的漁船，就著船型，蓋了船屋。他引領著我們，過去參觀。

船屋不是住在船型的房子裡，而是根本就住在船上。當停靠在水邊時，還能感覺到船的輕微晃盪。

別看船屋的外表傳統又古樸，裡頭的設備可以滿足所有現代人的

需求，高級衛浴、典雅梳妝台、柔軟寢具、羽絨枕、藝術品，以及貴妃椅……等等，就像高級酒店一樣。

小均看了我發的照片，驚呼：「船屋，好浪漫的樣子，我也想去住。」

我回她：「妳這次是沒機會了，還是乖乖等下次吧。」

我的爺爺，個性簡約又不浪漫，他才不會想住什麼船屋，所以我們參觀完之後，還是回到白日夢民宿裡，繼續做著我們的白日夢。

民宿的房間不多，客房加起來，總共也只有三間。

小島上沒有太多夜間娛樂，夜晚，老闆約大家到客廳坐坐，然後到庭院泡泡茶、吃碗他煮的魚麵線。

那晚的房客除了我和爺爺，還有兩位自助旅行的姊姊小涵和依依，另外一間客房，住著一家三口。我知道他們姓夏，因為老闆稱呼他們夏先生、夏太太，同行還有一位小男孩，個子瘦瘦小小，我猜年紀比我小，我七年級，他大概小五。

夏爸爸說：「我是參加公司的員工旅遊，不過年輕的時候在這裡當過兵，難得回來，就想多待一晚，懷念一下。」

上山抓蜈蚣的時候我有留意，島嶼的西側有一個軍營，但老闆說過，那裡是管制區，民眾是不可以隨便過去的。

夏爸爸也知道過不去，他只是想重溫一下過去。

夜晚的星空很漂亮，在這個沒有光害的環境裡，仰頭望天，小白點晶晶亮亮。

我和小均傳著訊息，我說：

　　雖然我們看的是同一個夜空，但這裡的生活真的很不同。這裡

的純樸和台東山上的純樸也不一樣，山上的靜謐是蟲鳴，這裡的靜謐是海浪，我可以清楚的聽到海水的歌聲、感受到潮汐的溫柔。

小均回了信息：「哇！怎麼去到那個地方，變得如此詩情畫意？」接著傳來一個超級驚訝的表情。

我笑了，「是啊，這就是一個充滿神祕力量的地方，真希望妳也能來。」

散步結束，回到屋裡，爺爺和民宿老闆還在聊，我聽過他們聊健康、旅行、各地的民俗風情，也聊人生哲理，就像非常投緣的兩個人，話題不停開啟，他們真的，超級能聊。

「爺爺、叔叔，我先去睡了，晚安！」

鑽進被窩，精神還很好，一點睡意也沒有。

對了，數羊！

還沒數夠呢，後面的脖子突然一陣癢，我下意識的伸手去摸——

「啊！！！」

我的尖叫聲把這間民宿的所有房客都給嚇醒了。

開門衝向大廳，除了原本就在的爺爺及民宿老闆外，兩位背包客姊姊以及夏家一家三口，全在第一時間聚集。

「怎麼啦怎麼啦？」大家關切的問。

我扭動著身體，拍打著我的後頸，定睛一看，地上被我抖落的是——兩條蜈蚣。

「對不起對不起，」民宿老闆將那兩條蜈蚣就地正法後，滿臉抱歉，「我忘了提醒妳，蜈蚣有時候會鑽到棉被裡，在睡覺前，要把棉被抖一抖，檢查一下的。真是對不起！」

啊~好痛啊！我止不住淚水，心裡想著：難不成是那八條蜈蚣的冤魂嗎？還是牠們的子孫要來報仇了？想到這裡，覺得委屈，哭得更

放肆了。

「不哭不哭。」漂亮溫柔的背包客姊姊一個摸摸我的頭髮，一個拍拍我的肩，安慰著我。

爺爺檢查我的後頸，看到皮膚上兩對小孔的傷口與紅腫，知道我被蜈蚣咬了。他用肥皂水清洗我的傷口，請旁人取來一些冰塊。

「嚴不嚴重？要不要送醫院？」夏媽媽緊張的問。

爺爺辨識了一下地上的小蜈蚣，再看看我的傷口，沉穩的說：「被這種蜈蚣咬到沒有生命危險，只不過會痛個幾天。」

「快擦這個。」老闆拿來一瓶東西，讓爺爺塗在我脖子上，我事後才知道是那瓶蜈蚣酒。

以毒攻毒嗎？唉唷，我曾經暗暗發誓，那毒酒我不碰的。誰知道……就這樣背叛了自己的誓言。

把我安頓好後，背包客姊姊依依畫下了那對蜈蚣，還在旅遊筆記

上記錄著：

今晚，「小靈通」被蜈蚣咬了，中醫爺爺說被蜈蚣咬要冰敷後就醫，或者先用肥皂水清洗傷口，再用蒲公英或魚腥草搗爛外敷。聽說有些蜈蚣有劇毒，嚴重時，還可能因毒液而產生過敏性休克。以後旅行時，還是要提醒自己多留心。

祝小靈通早日康復。

唉，被蜈蚣咬，讓我的脖子紅腫又疼痛了三天，春假不過就幾天假期，我美麗的澎湖之旅也差不多泡湯了。沒來澎湖以前我還在想，如果爺爺是金庸筆下的黃藥師，那我就是那古靈精怪的蓉兒，誰知道，兩條蜈蚣大大滅了我的威風，真是可恨哪！

這蜈蚣島，就這樣讓我留下了難忘的回憶！

4 怪怪老頭

立夏——夏季開始

說起我的爺爺，他是一個很特別的人。他的價值觀首要是信用，還有，他認為對的事，就非常堅持，不能妥協，算是擇善固執的那一種。

舉例來說，大家都勸他，台北到台東的距離這樣遠，他一個老人家，不必常常坐六小時的火車，再到山上去那麼辛苦。但他不聽勸，依然是一個月兩次，放下手邊的事，堅持著自己的原則。

我從小學六年級開始，就跟在爺爺身邊當小助手了。我的外號

「小靈通」，也多虧了他的教導。

記得六下那時候，學校剛畢業，離國中生活還有二個半月的時間。這麼長的空檔，我得給自己一些事情做。

可我不愛被安排，我喜歡安排我自己。

畢業典禮那天，我和最好的朋友小均聊著該做些什麼，才能離家去透氣，說著說著，腦子裡靈光一閃，想到了爺爺。

「對了，爺爺！和爺爺離開家，是我可以光明正大離家出走的方法。」

「妳是說……和那個怪怪老頭？」

「怪怪老頭」也是我取的，我跟小均說過，我的爺爺怪怪的，人家爺爺奶奶總是很疼孫子，可是他對我們就是淡淡的，偶爾口頭上關心個一兩句，就沒了。

過年的時候，人家給紅包，他給金玉良言，就是紅包裡寫句格言，還用毛筆寫的那種。

都什麼年代了，竟然還有人用小楷書法搭配十行紙。以現代科技的進步，電腦選一選、印一印，什麼字體都有，但爺爺總是堅持。

記得以前奶奶來看我們，都會塞給我們一兩百塊的零用錢，摸摸我們的頭，鼓勵我們要用功，要是成績好，還會買鞋子、手錶等禮物當作獎勵。

可是爺爺從來就不會，他覺得讀書是我們的事，讀好書、做個好孩子，本來就是應該的，這應該的是本分，要什麼獎勵？

總之，要從爺爺那兒得到些油水，門都沒有。

小均說：「妳確定？搞不好妳和爺爺在一起，日子會更難過？」

「不會啦！先別往壞處想。」我也不允許自己往壞處想。總之，先讓我出去透透氣。台東耶，離台北滿遠的，離我家更遠。而且我聽說這次爺爺要上山半個月，挺好的。

我拉起小均胖胖的手，說：「不然，妳跟我一起，陪我作伴。」胖胖的小均很和善，但她一聽這個提議，慌忙搖手：「謝謝妳喔，我在家裡很快樂。現在天氣那麼熱，我還是待在家裡吹冷氣、打遊戲，等妳回來比較好。」

爺爺平時不跟我們住的，他跟大伯住，而二伯繼承了他的志業，我爸呢，排行老三，還有一位叔叔。

爺爺每個月的第二個禮拜和第四個禮拜週末，都會到台東的山上去義診，偶爾需要採藥材，就會多待一段時間。

我問過媽媽，為什麼爺爺時常要往台東跑，媽媽只是說，爺爺對那個地方有承諾，他很希望能為他們做點什麼。

我的爺爺太客氣了，他能做的事可多了，不說你們不知道，我的爺爺是一位挺有名氣的中醫師，什麼身體上的疑難雜症，只要他手到擒來把個脈，立即知曉。

只不過，他的脾氣也有些古怪，我聽說，以前看診的時候，如果有患者我行我素，不聽勸，那他就不看。他會毫不留情的告訴你，另請高明吧！

有了想在爺爺身邊的想法後，我也得行動，但我人微言輕。左思右想，最好的說客，是媽媽。

我說：「媽，爺爺總是一個人，不如，讓我去陪爺爺吧？」

媽媽不答應，我當然知道她一開始會不答應，從我有記憶以來，

她就是一個控制狂，喜歡幫我安排這安排那。

據說，當我還在媽媽懷裡的時候，她就看了一堆胎教的書，做月子時期，天天要我聽莫札特，好吧，人性化一點，陪我聽莫札特。根據研究，聽音樂能刺激腦部的發育及成長，增加空間辨識、推理能力、想像能力……等等，尤其是聽莫札特的交響曲，能讓胎兒的腦部調節能力更加活躍，最為有效。

於是，坊間掀起了一股讓胎兒聆聽莫札特音樂的浪潮，媽媽當然不會讓我錯過，我輕易的就被這股浪潮所淹沒。

出生之後，媽媽看的書換成了《我比別人快一步》，當然，那個「我」不會是我媽，而是她的孩子，也就是敝人、在下、小妹、我。

當她發現我八、九個月就會踮起腳尖走路時，大為驚喜；十個月，我吐出一串句子，她欣喜若狂的抓著周遭的人問：「真真剛剛說了什麼？說了幾個字？」

然後，幾個人扳著手指在那精確的數啊數，答案是：十七個。這些，都是她事後說給我聽的兒時故事。

5 我比別人快一步

小滿——農作物開始飽滿

十個月的我就能一口氣說出十七個字的句子，她確定我是個聰明的娃兒，而人才就需要栽培，人才就不應該埋沒。

如果我早知道，我一定會叫那八、九個月的我跌倒，還會叫那十個月的我閉嘴。因為，我才兩歲，她就開始送我去幼幼班學習，別人讀半天，我讀一整天。兩年的幼幼班之後，一路再從小班、中班念到大班，放學後並且學習各項才藝。

總計我在私立幼兒園期間就學過舞蹈、珠心算、口風琴、兒童繪

畫，還有坊間的兒童美語。誰叫我那優秀的阿姨開了間兒童美語班，我得去支持、捧人氣。

等到別人與高采烈的背著書包準備讀小學一年級的時候，我已經覺得學習很無趣了！那時候的我讀書的年資加起來，差不多都可以從小學畢業了。

托著腮幫子，看著講台上的老師還在賣力的教基礎拼音，我真的覺得提不起勁。老師向媽媽反應，說我懂事伶俐又聰明，就是有點驕傲不合群。我真的不好意思說，老師，我已經很配合了。

爸爸在大學當教授，他在研究腦神經。他非常清楚神經元構造，知道腦內的多巴胺多一些，失眠就會少一點；他還知道男生製造serotonin（血清素）的速度比女生快百分之五十二，所以女生比男生還要容易心情不好。

他很多事情都知道，很多理論都知道，可以在學術研討會、課堂

上或是各地的演講中發表一套又一套，但這有什麼用？家裡最主要的決定權不是他，是我媽！

有一回，我跳舞回來嘟著嘴，爸爸知道我跳得不快樂，想協調一下是不是別去了，但媽媽說：「女生去跳舞，體態才好看。」

爸爸聽了也沒輒。

每當我問他：「爸爸，這件事該怎麼決定比較好？」他總是用包容、尊重又充滿慈愛的語氣對我說：「寶貝，妳決定就好。」

真好！對吧？但真好也沒用，我媽覺得她的決定才是真正的好。

我爸真的將我媽奉為太座，他們每天都在上演「老婆大人」的戲碼。我老爸倒不是唯唯諾諾，他只是不喜歡和我媽爭吵，何況，他也不覺得我媽對我的用心栽培有到虐待的地步。

結果你想問，我在學習上真的有比別人快一步嗎？

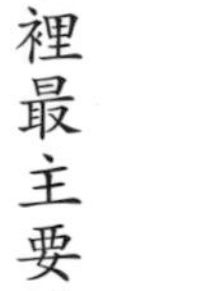

哈哈！答案是——沒有！

一來，我對教科書的學習已經失去了興趣，變得有些老油條；二來，聰明的我有一天突然開了竅，我知道如果我表現得太完美、太優秀，我的人才栽培計畫將會沒完沒了。

於是，我故意慢點、笨點，甚至有時候拱手讓出前三名的寶座也無所謂，但是處理起來得小心謹慎，可以答錯題，但千萬不能錯太多，否則落入加強班又是另一番折磨。

考試的時候，只能故意答錯個幾題，加上我原本不會的，不愛背的，剛剛好，中等生偏優。

老媽事後看到考卷總問我：「怎麼難的會，簡單的倒不會？」

我說：「不小心啦！頭腦裡想寫二，但不知怎麼的，就寫成了三。」

老媽一聽，緊張的問老爸：「你說，我要不要買些銀杏給她補一補？」

我真的很想笑，銀杏？我又沒失智。

老爸的視線從報紙轉移到我臉上，我用撒嬌又哀求的眼神看看他。

老爸說：「不就是粗心大意嘛，很正常，每個人都會的。」

哈哈！老爸萬歲！

你們千萬別怪我存心要騙我老媽，我這真的是不得已的自救計畫。自救，明白嗎？

說到計畫，我媽真的擬定好了一整套的暑期計畫，她說：「真真，我都規畫好了，妳看，這個暑假，除了國中各科目的先修課程外，我還安排了六個梯次的夏令營以及游泳、舞蹈、小提琴……」

她打算拿報名表給我看。

我的媽媽呀，妳已經幫我規畫了十二年了呀！還不夠嗎？

我趕緊打斷她：「別補了，浪費錢。何況那些課業除了我偶爾不小心以外，大多跟得上的。這個暑假我有重要的事情做，您知道嗎？學校要我們多關心祖父、祖母，拉近祖孫之間的感情，而且這『祖孫情』還是項作業，不能不做。所以就拜託您，幫我向爺爺說！」

「可是爺爺最怕麻煩了，妳又不是不知道。」

「我知道啊，我保證不會惹麻煩。」我舉手發誓。

媽媽看了我一眼，不怎麼認同：「我不知道妳要用什麼保證，妳平常做事又不勤快，還經常不專心。」

「哪有人這樣說自己女兒的？」我小小抱怨，「就當我去陪爺爺嘛！你們不是常常說，爺爺一個人很孤單嗎？」

聽到這句話，媽媽語塞了，我知道這句話說進媽媽的心坎裡了。平常沒有一起住，她真的不常陪爺爺的，現在女兒要代替她去盡盡孝心，也是一種補償。

家族裡這些大人小孩啊，各忙各的，誰陪爺爺啊？加上早期的爺爺愛說教，小孩都避之唯恐不及，搞得爺爺現在像個孤單老人一樣。

媽媽帶我去到大伯家，對爺爺說：「爸，真真畢業了，這段時間學校放假，不知道可不可以陪您去台東？您山上那間鐵皮屋要是哪裡需要整理、打掃，真真都可以幫您的。」

媽媽和爺爺說話的樣子畢恭畢敬，在爺爺面前，媽媽平日的強勢完全收斂。主要爺爺是一個有威嚴又不苟言笑的人，媽媽說，她年輕的時候看過爺爺發脾氣，很可怕，全家沒有人敢惹怒他，爺爺是整個家族裡最有權威和地位的人了。

不過，也許就因為他的高高在上，也造就了他的寂寞孤單吧！特別在奶奶離世了之後，我們不清楚他是不是難過，他的話總是不多，也不會表露什麼情感。閒暇時，他只是坐在經常坐的沙發上，偶爾呆望著奶奶也經常坐的那張沙發而已。

媽媽的態度謹慎有禮，爺爺是吃這一套的，他一向重視禮教。

「不學禮，無以立」，是他紅包裡曾寫過的話。

我們都知道嚴謹的爺爺要求規矩輩分，那是他堅持的原則。

高大的爺爺有一百八十幾公分，我不知道高的人是不是距離感也比較大？聽了媽媽的話，他只用沒什麼溫度的眼神看看我，嘴裡吐出了兩個字：「麻煩！」

呵呵～既然爺爺沒有說不好，就是答應囉！

6 鐵皮屋裡的特訓1

芒種——麥豐收、稻種植

火車月台上，我伸出右手，說：「爺爺，我來幫您拿行李吧！」

爺爺倒也不客氣，「好，有事弟子服其勞。」說完，他把身上唯一的手提包交到我手裡。

喔，真重！

走路的時候，手長腳長的爺爺也不等我，他雖然快八十歲了，但身體還很硬朗，他的一步是我的兩步呢！我時常得在後邊追，快走跟不上，就小跑步。

「爺爺……您走慢一點，走那麼快做什麼啊？呼！」

我像隻狗似的直喘氣，只差沒把舌頭給伸出來。

爺爺拉過我的手，把把脈，他臉不紅氣不喘的說：「是妳體力差！」

然後撂下兩個字：「麻煩！」

長程路途，爺爺沒特別說什麼，大部分時間在看書，其餘就是閉目養神。

他也不太管我，只莫名其妙的問了我兩句話，第一句話是：「管太多還是沒人管？」

「蛤？」我一頭霧水。

「會想逃開家，一般只有兩種狀況，一是管太多，一是沒人管，妳是哪一種？」

哇，這爺爺，果然是高手！

我一下子不知道該怎麼回答，這件事說來話長。

第二句話，他問：「真的吃得了苦？」

我頭都洗了，當然點頭。這條路，看來是只能進，不能退了。

現在的目標只有一個——山上的鐵皮屋。

第一次前往鐵皮屋，和爺爺上了半山，我已經暈頭轉向。坐車坐得好累啊！六、七個小時，坐得腰也痠、屁股也疼。

等爺爺開了鐵皮屋，我只想衝進去打開冰箱，喝一杯冰涼的飲料。

但在那一刻，我真真實實明白了什麼叫做「幻想是美好的，現實是殘酷的」這句話。

門一開，裡頭哪裡有冰箱啊？

一張木質方桌、兩張木頭椅、一條破舊的長沙發、一個開放式的鐵櫃，還有一個小茶几、兩個風扇、一對人體穴位模型，就這樣，一目了然。

我愣愣的問：「爺爺，冰箱呢？」

「要冰箱做什麼？麻煩！」

「那您喝什麼？」

「茶几可以泡茶！」

我心裡嘀咕：泡茶才比較麻煩吧！

那天，我們到達鐵皮屋的時間是晚上十一點十七分。爺爺兩個禮拜沒有來，所以我們必須先打掃，並擦拭茶几及桌椅上的灰塵。

夜裡，爺爺把他的活動式躺椅讓給我，他去睡長沙發。雖然躺椅不像彈簧床那麼舒服，但我已經累得沒有力氣去抱怨了。

隔天清晨，爺爺叫我起床！

我挽錶一看——凌晨五點。

「五點？沒搞錯吧？」

「爺爺，這麼早起床做什麼呀？」我睡眼惺忪的，打了一個好大的呵欠。記憶中，從來沒有這麼早起過。

「我起不來啦！我還想睡！」我又不由自主的打一個大大的呵欠。

翻了個身，我沉沉睡去。

沒多久，聽見了響亮的音樂聲。勉強張開眼，看見爺爺在做操。

「起床！」

不要，我要賴床。

「再賴床就滾蛋，等一下自己回台北。」

吼！這爺爺會讀心術嗎？

我心不甘情不願的起來，身體還東搖西晃。

「五分鐘以後找我報到！」

我乖乖的在五分鐘以內梳洗完畢，來到鐵皮屋前的庭院和爺爺會合。總不能才剛來，就被趕走吧！

爺爺說：「這是五行操，和我一起做。」

他放下舊式的卡帶，卡帶裡傳出了有人說話的聲音：

「心情放輕鬆，兩腳與肩同寬，膝蓋微屈……」

我尷尬的平舉雙手，隨著節奏甩手屈膝，幾個八拍後換動作，扭腰擺臀，再幾個八拍後換動作。

這是哪一招啊？我為此刻自己的荒謬行徑感到好笑，幸好這邊沒有認識我的同班同學，否則我還有臉見人嗎？

左右擺動、開開闔闔，偶爾跳動幾下，都不是很劇烈，所有動作在重複兩輪後，收操調息，大約十分鐘。但爺爺不想結束，他還想教

我太極氣功十八式。

喔，No！我睜大雙眼，但嘴裡不敢說：「不！」

「這套太極氣功不難學，動作柔而簡單，妳仔細看，用心學。」

音樂換成了國樂，是彈撥樂器演奏的曲子。

「姿勢要正確，動作要均勻緩慢才有作用。」

爺爺引領我，起勢調息，每一式都有一個名稱，他緩緩的示範著。

「注意呼吸！」他不忘提醒我。

爺爺在胸前畫了一個大圓，好似要把整個天地都給收納進來，我畫的圓卻很小，因為我不過是在敷衍的隨意比畫。

剛開始我不太情願，但慢慢調勻呼吸，視線隨著手掌的指尖緩慢移動後，覺得掌心真有一股熱氣帶動著，竟感到全身放鬆，怡然自得。什麼雜念也沒有，那種感覺真的很奇妙。

爺爺一邊教我，一邊還會給我意念：有時讓我想像自己正在高山上俯瞰，有著開闊的心胸；有時潛入水中，悠然快樂。其中一式叫做「撈海觀天」，當我兩手伸展後仰，慢慢吐氣時，我發現白雲、藍天、青山、大海，全收進了我的眼底，納入了我的胸懷。

平時起床趕著上學，我從沒這種神清氣爽的感覺。看來下次還是別先入為主，偶爾體驗一下也不壞。

7 鐵皮屋裡的特訓2

夏至——白晝最長

台東山上的鐵皮屋挺有特色，其中一面牆，就是一座山的山壁。山壁傾斜而下，成為這個小屋裡最大的亮點。

很酷吧！我是第一次看到有這樣的房子。

迎接著晨曦，清亮的天色，偶爾只有一兩聲鳥囀，在這幽靜的半山腰，空氣潔淨到彷彿沒有一點雜質。

爺爺說：「早起多好，你們年輕人很多習慣我都看不慣，年輕人不去迎接朝陽，活力從哪裡來？」

我摸摸鼻子，心想：如果我每天五點鐘就起床，才是同儕中的怪胎吧！

做完操，爺爺要我去讀書。他說：「『盛年不重來，一日難再晨。』要好好把握一天當中，頭腦最清楚的時光，多讀一些書。」

是啊，我還知道拿破崙說過：「我如果無所事事的度過一天，就會覺得自己犯了竊盜罪。」但，我真的不在乎。

不過對面站的是爺爺，他在乎，變得我也必須在乎，因為我現在住在他的屋簷下。

讀書是吧，沒問題！我從背包裡拿出火車上未讀完的輕小說——《格格出嫁》，這種精簡的書最適合外出，並且打發時間了。

爺爺瞥了一眼，只說了句：「浪費生命！」

隨後，他進了鐵皮屋，從資料櫃裡拿出四本書給我。

《中庸》、《道德經》、《黃帝內經》、《藥草圖鑑》，哇嗚，

我當下無言的心情你們可想而知。

爺爺說：「《中庸》和《道德經》背起來，《黃帝內經》和《藥草圖鑑》就先當閒書看。」

「閒書？也太高深了吧！」

「是你們總把自己想得太笨。」爺爺斬釘截鐵的。

我告訴自己，我和爺爺有代溝，而且，很深。

六月，天氣很熱，鐵皮屋裡更悶熱，屋裡頭卻只有兩支電扇，在無力的轉。

爺爺正色的告訴我：「進我的鐵皮屋是有規矩的，最重要的就是有禮貌，見到人一定要打招呼。要是做不到，就滾蛋。」

「是！」

爺爺繼續告訴我他的要求，我必須學習主動、大方的和長輩問

好，每天早晚要向爺爺問安，這叫晨昏定省；端飯端茶給爺爺的時候，飯要裝八分滿，水要七分高。

「去練習倒杯茶來。」

我依言去茶几倒水，但我一定是太緊張，才控制不好力道。水一下子倒太多，又不能把它偷喝掉，只好端著茶杯小心翼翼的走。戰戰兢兢的拿給爺爺，在他桌前的茶几上放定。

爺爺問我：「有沒有發現爺爺是左撇子？」

「有。」

「那好，記得杯子放定時，杯子的把手要放在爺爺左手的位置，方便別人取用，如果對方是右撇子，道理也相同。」

我趕緊將杯子的把手轉方向，卻將太滿的水灑到了茶几上，深深體會到：原來倒水、端水、擱茶杯，都是一門學問啊！

「再重來！」

就這樣，我光倒一杯茶給爺爺，就重來了十二遍。這比國父推翻滿清的次數還要多啊！

「記住，前進的時候快快走，後退的時候慢慢退，並且要面向長輩；用餐不說話，坐時不蹺腳……。」

說到這裡，爺爺往我蹺的二郎腿拍了一下。

「坐要有坐相。」

「是！」我乖乖把腳放下。

當時，我雖然短暫的離開了校園，但我發現在爺爺的鐵皮屋裡，就像進到另一間課室一樣。

「今天，是妳來的第一個早晨，早餐就先不用做，但妳得看著，明天起，這也是妳的工作。」

爺爺從茶几下的小型米缸裡取了些米出來，他打算熬粥。

「下過廚沒有？」

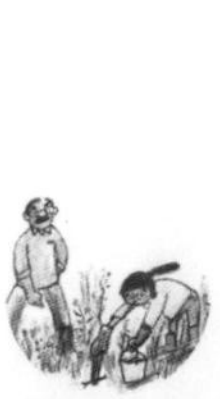

「沒有！」

「看清楚，要學著，這些步驟我都只說一次。」

鐵皮屋裡水電不缺，爺爺洗淨了米，盛了七分滿的水後，放了一些番薯，他交代我一邊讀書，一邊顧粥。等粥滾，要轉小火慢熬，特別記住，鍋蓋要打開。

「是！」

爺爺還告訴我，中餐的麵也要我負責。我在家裡一餐飯都不會煮，到鐵皮屋竟然要一天負責兩餐?!

爺爺說：「總得學習提升自己的生活自理能力。」說完，爺爺走出了鐵皮屋，打算外出去辦事。

看著爺爺離開，我總算鬆了口氣，感覺身邊一條無形的鞭子終於消失。

鐵皮屋裡實在太熱，熬粥又得很久，所以，爺爺前腳一離開，我就偷溜到屋外的庭院乘涼啦。

半山腰的視野很好呢！看得見空靈的山景以及平靜的太平洋。天氣雖炎熱，所幸鐵皮屋外有不少常綠闊葉林，這些樹蔭倒帶來些許涼意。

陽光透過樹罅灑落，我沐浴其中，感覺特別舒服溫暖。

「道可道，非常道，名可名，非常名……」

一會兒背書，一會兒欣賞美景。清脆悅耳的鳥囀愈來愈豐富多變，有時我還會靜下心來，聽聽它們的不同：有些鳥鳴急而短促、有些圓潤而連綿不停；有時啁啾悅耳、有時是沉重的低吟。我分辨不出究竟有多少種鳥兒在鳴唱，但在這和諧的交響樂中，還有我琅琅的讀書聲加入其中。

小均這時傳來訊息，她關心的問我：「妳都好嗎？」

「還可以。」

本來想多發兩句牢騷，但我已經看見爺爺的身影在山中步道拾級而上，他回來了，動作真快！

我瞧見他的手裡提著幾樣青菜，還有幾件生活必需品，像是我的碗筷、鋼杯……等等。

爺爺狐疑的望著待在庭院的我，沉默不語。我跟著爺爺的腳步踏進鐵皮屋，一瞧，慘了，剛剛熬的粥正噗噗噗的往鍋外飛濺。爺爺的臉色鐵青，他用樹枝抽了一下我的小腿，還罰我擦桌子、抹地板，各兩遍。

「過來！」

抹好地之後，他要考我剛剛背書的進度，我方才留戀於看半山腰的美景，根本沒背熟，好了，這下子不但要罰抄，還得重複背誦三十遍。

中午煮麵的時候，我已經睏得睜不開眼。想想，早上五點多就起

床，我能靠意志力支撐到十一點半，已經很了不起啦！不過，爺爺可不這麼想，因為打瞌睡而煮糊的麵，爺爺還是要我吃，他說，我得為自己闖的禍負責。

捉住空檔，我回信息給小均，我說：

怪怪老頭根本就是心理變態！

好不容易挨到吃飽飯，洗好碗，能夠睡午覺，真有如得到特赦一般。

倒下來，才一闔眼，我馬上進入關機狀態。

這，真是漫長的一天。

8 問診

小暑──天氣漸熱

下午三點鐘，爺爺把看診的牌子朝外翻，平時，他上午就看診的，因為我頭一次到鐵皮屋，他特別休息半天，教我鐵皮屋裡該知道的事，說穿了，就是我的生活公約。

「方醫師，請幫我看看。」一位四十多歲的叔叔第一個來報到。

「怎麼了？」

「我最近好像特別容易累，動不動就打呵欠。」

那張方形木桌，就是爺爺看診的地方，他要對方把雙手伸出來，放在小方枕上。

我爺爺把脈的方式很有趣的，人家把脈用一手，好了再輪流，他是兩手同時進行，低著頭診脈，就像一個哲學家一樣認真。

把脈不容易呢！從脈象的跳動，就可以知道一個人的身體哪裡出了狀況，怎麼會這麼神奇？沒有精密的科學儀器，就憑感覺、知覺與判斷。

爺爺說：「胃腸不好，肝也不好，你太勞累了，要注意啊，肝是過濾和藏血的器官，不能不顧！」

「怎麼辦？」對方有點驚慌。

「作息先正常，一定不要熬夜。我開帖藥方給你，記得一天四次，四小時吃一次。」

爺爺埋頭寫一張藥單，我偷瞄一眼，還是看不太懂爺爺在寫些什

麼。記得小時候生病，媽媽帶我去給爺爺把脈看診時，我還把藥單上的一錢唸成了一才。

「怒傷肝，儘量不要動氣，讓氣鬱結在體內，要學會調和自己的情緒。肝經繞過我們的腳和腿部，平時可以多散步、慢跑，會有幫助。另外，春屬木，我們的肝臟也屬木，有空多到林間走走，吸收陽光、也吸收木氣，好好養肝，讓氣血通暢運行。」

第二位來看診的，是阿喜婆婆。她平時有高血壓的毛病，最近常感覺到肩膀酸痛，爺爺說阿喜婆婆的年紀大了，血液循環變差，也是正常。平時要記得吃清淡一些，多多運動。爺爺邊說，邊開一帖顧筋骨的藥方給她。

阿喜婆婆的話匣子一開，彷彿停不了，爺爺總是微笑的聽著。

第三個來看診的，是一位老伯，感冒、發燒、四肢無力，看起來表情很難受。

爺爺把了脈，說他的脈象跳得又快又亂。感冒了，但體內的胃脾肝火均旺，這火氣會耗損體力，人也變得容易累。爺爺開了藥，說明按時吃幾天藥就會好轉，但切記不要正中午去忙，天氣熱，暑氣旺，體內五行協調不好，人也容易生病，記得睡眠要充足，好好休息，因為，充足的睡眠也是一帖良藥。

我在一旁看著這些人的疑難雜症，有些是急症，有些是慢性病。看他們臉上痛苦的表情，深深覺得沒有什麼比健康來得重要。

第一天下午，大概有十來個人。有些和爺爺是很久很久的朋友了，有空檔的時候，爺爺就會和他們多聊一聊。

我終於知道爺爺為什麼不辭辛勞也要到這裡來了，這裡的爺爺好像另一個人似的，一點都不嚴肅，這個以前被稱為愛說教的怪怪老頭，竟然也有幽默的一面，竟然也會開懷大笑。

「不會吧，他會笑？」

不蓋你，我第一次看到爺爺大笑的時候，竟然愣了幾秒。

第一次現身，因為鐵皮屋裡有我的出現，難免變成大家話題的焦點。

「這個小姑娘是誰啊？以前沒見過。」

「我孫女！」

「孫女啊，嗯，長得好。」

「秀秀氣氣的。」

「看起來就是聰明伶俐。」

聽到讚美，我的心中不免有些得意。

沒想到爺爺說：「有沒有聰明伶俐我是不知道啦，整個上午，煮的粥四處飛，該背的書沒有背，連這間小小的鐵皮屋都差點把它燒毀。」

我心裡大喊：爺爺，您也太誇張了吧！哪有燒毀，只是麵……差點燒焦而已。

「第一次來嘛！得讓她適應適應。」

還是這裡的人好。

有的阿姨嬸嬸誇我漂亮，有的則誇我乖巧懂事，懂得幫爺爺的忙。

「以後有你孫女幫忙，就輕鬆多啦！」

阿喜婆婆還拍拍我的手掌對我說：「跟妳爺爺好好學，以後當個救人的好醫生，好醫生可是菩薩呢！」

難不成她希望我繼承爺爺的志業？我哪裡會啊？這太專業了。

可是這裡的人對我如此親切，對我的期望如此高，我忽然有了重心，我覺得我也應該要好好表現。

來找爺爺的大部分都是中老年人，肝操勞、胃潰瘍、筋骨痠痛、

高血壓、久咳不治……，我忍不住對爺爺說：「當人真辛苦，身上的器官這麼多，一會兒這裡痛，一會兒那裡疼。」

爺爺倒是很看得開，他說：「機器都會故障，何況是人！不過，妳平時善待它，它就會善待妳的。」

思忖著爺爺的話，覺得爺爺說的真有道理，我得記在心上。

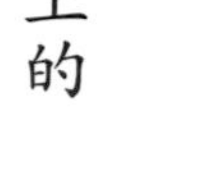

9 重新出發

大暑—天氣悶熱

半個月後，小均問我：「怪怪老頭還有沒有整妳？」

我仔細一想，還真沒有耶。除了早上五點得起床比較痛苦之外，其他都還好。

我在這裡不用裝笨，相反的，聽了那些長輩們的讚美之後，我盡力的想求表現，我巴不得自己可以變得更聰明，讓爺爺肯定我，讓爺爺知道，第一天上午不過是個意外，他留我在身邊，絕對是個聰明的選擇。

表現好，才有下一次離家，呼吸新鮮空氣的機會。

媽媽撥手機問我：「表現得好不好？」

「太棒了。」

媽媽不相信，要我拿給爺爺聽。爺爺叫我按擴音：

「爸，真真去那裡表現得還好嗎？有沒有給您添麻煩？」

「還可以。」

「如果她做得不對，還請爸多教教她。」

「嗯。」

「謝謝爸。」

啊哈，過關啦！爺爺說還可以，其實就是還不錯。這一點我們從以前就知道，爺爺讚美家人的時候，所說的話，會打折。

在鐵皮屋的作息很規律，早上五點鐘，起床做操，做完操，我得熬稀飯。爺爺不喜歡吃西式早餐，他喜歡吃清粥小菜。

我一邊熬粥，一邊讀書和背書。晨運之後，精神特別好，爺爺會鼓勵我珍惜這段大好時光，依照每天規定的進度，將心性穩定下來。「好好背，經典之所以稱為經典，絕對有妳一生受用的智慧，更何況，『腹有詩書氣自華』，人會變得更有氣質的。」

我琅琅道：「喜怒哀樂之未發謂之中，發而皆中節謂之和……」

爺爺一聽，感嘆著：「誰說讀這些古書沒有用呢？一生受用啊！當情志的抒發沒有過度或不足，內心和諧的時候，身體又怎麼容易生病呢？」

我說：「用現代的話講，就是一切剛剛好？」

爺爺滿意的點點頭。

吃完早餐，爺爺會帶我到附近的山上走走，採一些野生藥草回來。採集藥草並不會很困難，有些藥草需要果實，有些需要根、莖、葉或種子，有時要花、有時要全草，有時也只需要樹皮，視爺爺需要的狀況或採收期而定。我只要聽爺爺的指示採收，或者幫他提提東西。

除了野生的藥草之外，附近有塊地，爺爺也種了一些，他稱那裡是「藥園」。

很多植物都可以入藥，爺爺自己也種了不少，但除了偶爾停留半個月，大多時候都是間隔兩週來一次。平時無法照顧，這些工作就交給阿森伯。阿森伯是我到台東一定會見到的長輩，從我們一下火車，就是阿森伯接我們到山上來。

我跟在爺爺身邊當助手之後，爺爺也希望我一起到藥園幫忙，多認識一些藥用植物。

大約九點半，爺爺會回到鐵皮屋，為那些求診的病患服務。

爺爺很細心，雖然只是義診，不收錢，但每一個來看病的患者，

爺爺一樣會留下紀錄，每一個人有一張病歷卡，依照姓氏筆畫排列著。

爺爺要我將擺放資料的位置記熟，以方便患者來的時候，能儘快找到。我覺得自己這樣的工作，有點像診所裡掛號的小護士。

「您好，請問貴姓？掛號費五十。」

哈哈，我在櫃台自顧自演起來，忍不住摀嘴偷笑。

這個有趣，比上學好玩。

爺爺看診不收費的，他通常開藥方，讓病患自己去中藥房拿藥。除非真缺貨，爺爺才會從台北帶過來，這時候他會收費，但只收成本。

爺爺說，他不是來這裡賺錢的。

我當然相信，以他在台北的名氣，這些時間，只要他願意，早不知道賺進多少銀兩了。

但他說，有些事，比賺錢更重要。

阿森伯告訴我，時代在改變，醫療也漸漸在進步，但在這種偏鄉地方，到大醫院看病還是不太方便，有時到大醫院人多，排隊掛號，得耗去不少時間，有些老人家想到路途遙遠，來往奔波，又沒有人帶，有病就索性拖著。

爺爺的醫術高超，他開的藥方子很有效，要說爺爺是他們的家庭醫師也不為過，他們多麼感激爺爺願意到這半山腰來義診。

因應村裡人的需要，一位藥師在山下開了間中藥房，方便村民拿藥單子取藥。

又到了中午十一點半，我得準備午餐。在家裡媽媽哪會讓我下廚？但來到鐵皮屋，爺爺的鐵律是：有事弟子服其勞。

他教我煮麵，鐵皮屋裡有個活動式的瓦斯爐，一個小鍋子，沒想

到，爺爺竟然是教我煮人生第一碗麵的老師。

把水燒開，放材料、放麵條。需要什麼，我都可以先到附近阿喜婆婆的雜貨店去買，不必買多，夠用就好。

到鐵皮屋來，爺爺訓練我煮兩餐，一是熬粥，一是煮麵。我覺得自己好像在打野戰，只是沒有那麼克難。說來奇怪，在這半山腰，連一碗罐頭麵，也會覺得特別美味香甜。

用完餐，爺爺習慣午睡，他也希望我休息，不必抗議，抗議無效。

其實我也不想抗議，夏天的早晨我得五點鐘起床，我的生理時鐘一直不適應，將近午時我就覺得累，我跟手機一樣，需要充電。

爺爺很重視睡眠時間，除非我們趕車，或晚進鐵皮屋，否則正常狀況，夏天的晚上十點鐘就要就寢，中午十二點半休息。他說，這都是肝臟休息的時間，我們的農事要順應四時氣候的變化，我們的身體

也應該要順應時序，讓五臟六腑舒服、和諧。

爺爺的理念是；休息的時間，只要品質好，十分鐘也夠。所以，我平時也得跟他學習靜心與靜坐，只要閉目養神十分鐘，就能迅速恢復精氣神。

午休結束，爺爺會一邊看書，一邊候診，如果人少，那就是他向我考試的時間！

知道我求表現以後，他問我，「真的想學？」

我點頭。

「那好，一天記下十種藥用植物，這樣，十天就知道一百種。」

到藥園灑水時，我請教阿森伯：「這些植物看起來就是葉子和草，長得那麼像，怎麼分辨得出來啊？」

阿森伯回我：「別的不知道，但藥園裡種的植物就像自己的孩子，妳天天看它，照顧它，還會不認得它的樣子？」

說得對，我給自己打氣：難道多多接近，還會找不到感覺？我，一定會認得你是誰。

我會在這裡，重新出發！

10 小靈通

立秋—秋天開始

有了令人難忘的體驗，我又回到了都市生活。

但這次回家，生活有了確切的目標，就是認識更多藥草。

第一次到鐵皮屋，爺爺給我《藥草圖鑑》以後，我就覺得挺有趣，認識一種藥草就像認識一個新朋友，實體和圖片對照，讓我經常把它們當作配配看一樣在玩遊戲。

我坐在茶几前，拿著藥草對照著圖鑑，找到以後，就拿張紙條寫下來，把藥草放在紙條邊，搭在一起多看個幾眼，我就記住了。只要讓我看過名稱再問爺爺，我通常記得更快。

有一回，爺爺要我把曬在空地的藥草拿給他，我說：「這個是益母草嗎？」

爺爺有點驚訝，他大概沒料到我會知道。

還有一回，他隨性考我，我答對了，但其實我是矇對的。不過說真的，我發現自己在認識藥草這個部分還挺有天分，說來奇怪，我平時在學校讀書不怎麼喜歡背，不喜歡表現得太耀眼，但我記憶理解還真行，這點連我自己都忍不住要佩服我自己，產生一點小驕傲！

有鑑於此，我將好幾十種曬乾的藥草用紙張或夾鍊袋包好帶回家，阿森伯說得對，藥草那麼多，但天天看它，難道還怕認不得？任何事情，需要的都是一種「感覺」。

我得給自己加強訓練，我得多用功。

找來四開的圖畫紙對摺，我將它們裁成好幾張紙卡，在每一張紙卡上，畫出一種藥草植物的樣子。好歹我也學過幾年繪畫，看著畫著，也畫得維妙維肖。

我將每種藥用植物素描，然後上色，並在一旁寫上它的學名或常用稱呼。接著，翻閱《藥草圖鑑》，在紙片背後寫上藥草的功用。

對我來說，這種字卡學習的方式幫助記憶特別有效，拿在手中看著記著，是精熟學習的好方式，若是利用睡前再多看個兩眼，口裡覆誦，這一夜，好眠！

我還打算下次回鐵皮屋，要帶上相機，拍下野生藥用植物的照片，為這些植物建檔。

還有還有，我託爸爸向開中藥房的二伯要來淘汰的小藥櫃，把這些藥草放進小抽屜裡。

當歸、茯苓、黃耆、半夏、黨蔘、熟地、川芎、地黃、冬蟲夏

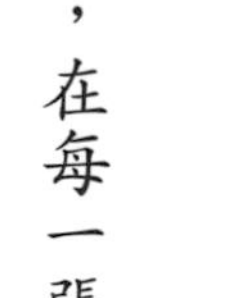

草……，藥櫃上有一格一格小抽屜，我每天看著藥櫃上的標籤，拿著一部分藥材，玩著開開關關，對對碰的遊戲。

太好玩了，我只想答對，根本不想故意錯。我在這中間建立了更多遊戲的可能，滿足了不少求知的樂趣，並且感到很有成就感。

就這樣，兩週過去，我認識的藥用植物已經有一百五十種。我心想：哼！這次還不叫爺爺刮目相看，多稱讚我兩句。

不僅如此，我還用心背書，並研究起食譜，我想讓午餐的麵多一點變化。

媽媽覺得我從台東回來簡直脫胎換骨，整個人不再懶懶散散。她喜歡更認真、更積極，也更有生活重心的我。

我才不想說，以前的我是裝笨的好嗎？那是因為媽媽所安排的這些那些，我根本沒興趣。

那是媽媽想要的人生，不是我的。我應該為自己播種，然後收成。

由於爺爺重視待人接物，我學習到了許多進退應退的禮儀，我在鐵皮屋裡看到許多不同個性的人，也知道了分別屬於不同人的疑難雜症。

「阿姨好，阿姨再見。」

「爺爺慢走。」

長輩們都說我很有禮貌，他們喜歡我，但這都是爺爺要求的。他的要求變成了我的習慣，因為待人接物是鐵皮屋裡的必修學分。

爺爺連眼神都要求的，和人說話或問好時，眼神要注視著對方。

「如果妳的禮貌，不是由內心的誠意出發，那叫敷衍。所以，禮的本質是誠，真誠！帶著真誠的心，顯露出合於禮的態度。接人物品的時候要用雙手，鞠躬的時候，也要九十度。」

這就是爺爺給我的教育，他要的就是兩個字——態度！

鐵皮屋後方，是一處山坡，爺爺下午看診完，多已日暮黃昏，爺爺喜歡帶我上山去健走，偶爾也會停下來，指著路旁的植物，隨性考我。

「這是什麼？」

真真的人體大腦記憶庫

月見草，葉子長而尖，開芳香的黃花，主要在夜間開放。

種子的油含有健康皮膚需要的脂肪酸，以及亞麻油酸，可治療過敏性濕疹、降血壓。根、花和蜂蜜熬成糖漿能止咳。此種草本植物對過動症、關節炎、帕金森氏症、厭食症、精神分裂症都有很好的療效。

對了，高山月見草還是印度人的狩獵護身符。

聽完我的解說，爺爺點點頭，「還不錯。」

我心想：才不錯？明明就很棒。

我就說爺爺對家人的讚美會打折。

幾個月過去，爺爺才不嫌我麻煩呢！我清楚的知道，他喜歡我陪在他身旁。

有一次，因為學校期中考，媽媽希望我留在家裡溫書，爺爺不高興了，他說：「段考有什麼重要的？去山上不也可以準備嗎？」

媽媽語塞，她不敢違背爺爺的意思，只好要我把該複習的書帶齊。天生萬物一物剋一物，要說媽媽的剋星是誰？毫無疑問，就是爺爺了。

哈！你看，爺爺是不是離不開我了？連四月的春假要去蜈蚣島，他也希望我陪著。

日升日落，無論光陰如何流轉，每兩週去一次台東鐵皮屋，是我們祖孫倆都很期待並且不可動搖的大事了。

不說身邊的人，連我自己都發現自己進步很多。在鐵皮屋，在那座半山腰，我學到了教科書裡沒有學到的課程。在爺爺身邊，真的變得聰明又伶俐了。

有一回，出國去玩的胡爺爺回來，和大家分享他的旅遊趣事，他說，當地的導遊是個二十歲出頭的小姑娘，自稱是「小靈通」，因為這位導遊帶他們去認識當地的植物，說自己什麼都清楚。

胡爺爺說：「那有什麼，我們這裡不也有一位小靈通嗎？年紀還更小。」

從此以後，我「小靈通」的稱號，就這樣不逕而走啦！

11 是妳！膽小鬼

處暑──天氣漸涼

「快點進來！」

「不要啦！又沒什麼事看什麼醫生？」

紗門開了，我看見一位奶奶拉著一個小男孩，小男孩半推半就的，看起來不怎麼情願。

我覺得這個小男孩有些面熟，他白白淨淨的，長得很清秀，個子不高，大概只有一百五，我好像在哪兒見過。

那位奶奶告訴爺爺：「醫生啊！我這個孫子不知道怎麼回事，長

不大。讀國中了，還像個小學生一樣。」

奶奶問爺爺，這小男孩有在學空手道，會不會有內傷不知道，還說起了一段他很小的時候遭同學欺負的往事。

我努力的在腦海裡搜索，覺得這個人一定在哪裡見過，只是，在哪兒呢？

奶奶滔滔不絕的說，一旁的小男孩感到有點無趣，從一進門，他大多時候低著頭，大概看地板也看得無趣了，就開始環顧四周，但他接觸到我疑惑的目光後，眼神馬上亮了起來，從他的反應，我斷定他認識我。

「是妳！」他指著我，有些意外的。

「你認識我？」我好奇的問他。

「認識啊！在虎井。啊～～！」他手舞足蹈的扭動著身體，模仿起我當初被蜈蚣嚇得花容失色的模樣，還忍不住笑了起來。

「沒想到在這裡也會遇到妳，我們真是有緣啊！」

「誰要跟你有緣？·Delete（刪除）！·Delete（刪除）！快點把那個畫面從你的腦袋裡刪除掉。」我雖然沒有看到自己當時的模樣，但我記得我後來是沒有形象，嚎啕大哭的。

「可是，我忘不掉啊，那個畫面太深刻了。怎麼樣，膽小鬼，妳現在都好了吧？」他一邊說，又一邊微笑。

他會叫我膽小鬼，是因為我後來怎麼樣都不肯再躲進被窩裡睡覺。

人家我可是小靈通，還有個外號叫方大膽呢！他什麼都不知道，竟敢胡言亂語。我瞪著他，這裡還有其他的長輩，談起往事多丟臉啊！何況我在這些爺爺奶奶、叔叔阿姨的心目中，形象多好哇！

他們總是誇我又乖又懂事，可是眼前這個小男孩，好像握有我的把柄，存心找碴似的。人家有時候，臉皮也是很薄的。

那位奶奶看我們聊著天，感興趣的問：「你們認識啊？」

「認識啊！」小男孩高興的回答。

但我一點都不想認識。

「今年春假我和爸媽去虎井旅遊，我們住在同一間民宿，她還被蜈蚣咬了。」

奶奶對我說：「那妳和我們家晨光真有緣！他剛轉來這裡讀書不久，還沒認識什麼朋友，以後你們可以一起玩。山下大馬路彎角那間早餐店是我開的，等一下記得來店裡，我請妳吃東西。」

原來奶奶是那間早餐店的經營者呀！一年多來，我和爺爺多半熬粥，不曾光顧早餐店。奶奶或許忙碌，或許身體好，也不曾來過鐵皮屋，至少，我沒有遇過。

我笑著回應：「不用了，奶奶，我已經吃過了。」

小男孩搶答：「沒關係啦！沒有蜈蚣的。」

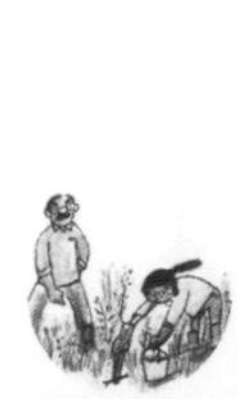

這人怎麼這麼討厭啊?!

我白了他一眼，小聲警告他：「不准再提蜈蚣。」

雖然爺爺說待人處事要有禮貌，但應該是對長輩吧？對這種白目的平輩應該不適用。

爺爺說：「來，我看看。」

爺爺伸出手，要把把他的脈。

「爺爺好，好久不見！」在長輩面前，他又變得很有禮貌。哼！虛偽！

約莫兩分鐘，爺爺說：「我開個『轉大人』的藥方吧，沒事的，只是發育比較晚，多運動，就會改善。」

我自告奮勇，「爺爺，我來幫您寫吧！」

跟在爺爺身邊一年多，現在，爺爺寫的藥方我不但全看得懂，也可以幫爺爺代勞了。爺爺口述，我記錄。

寫完藥方給爺爺確認無誤後，通常藥方左邊都會寫上看診者的名字。

「什麼名字？」我問。

「夏晨光。」

可我寫了另外五個字，然後，微笑的把處方箋拿給他。

上頭寫的是：豬頭矮冬瓜！

哼！沒禮貌的小孩，想跟我鬥，等你轉大人吧！

他看了一眼也不生氣，只衝著我露出白牙。

「妳，沒有公主病吧？」

什麼跟什麼呀？當然沒有！我最討厭那種假裝嬌滴滴，自以為是公主，好像全天下的人都得為她服務的女生了。

我沒好氣的瞪他道：「你才王子麵咧！」

「王子麵？我不要！」他搖搖頭。「王子都和公主配一對，我才

不要。」

我忍不住插腰又跺腳，他不會以為我有公主病，而且把他當王子吧。我把他拉出鐵皮屋，警告他：「你最好看清楚，我不喜歡你！要是我們哪一天倒楣配成一對，也是我比較吃虧好不好？豬頭矮冬瓜。」

轉身要進屋，我又想起一句話，我說：「記得要多運動喔！Bye Bye！」我揮揮手，揶揄他。

他又露出一口白牙，「Bye Bye！下次來找妳玩。」

奇怪，看他的樣子，不像故意要惹我啊，可為什麼他說的話，那麼令人心煩？

12 隔壁班班花

白露—天涼有露水

他真的來找我玩了。

有時候，他會幫奶奶送吃的給我和爺爺，有時候，他會和我聊一些生活的趣事，而更多時候，他會和我報告今天他跳了多少下跳繩，昨天打了幾小時籃球。

他喜歡挨近我身旁，和我比身高，當然，他還差我半個頭，最少有十公分。

「妳多高？」

「一六二。」

「好，第一階段目標一六二，我要超過妳。」他在我的身邊跳，要超越我的頭。

「無聊！」

但他只是笑。

他會來聽我背書，陪我一起認藥草、記穴位，爺爺有時候忙，就把考我背書的工作交給他。我因為不願意被他提示，竟然背得更熟、更起勁了。

我去買日用品的時候，他很樂意陪我去搬貨。我好奇他為什麼要轉學到這個鄉下地方，他回答，他去哪裡讀書都沒有差別。

「我爸我媽都是公司的高階主管，對，他們每年都會帶我出國，一起旅遊，但是他們平常根本沒空理我。等我讀大學，他們打算送我到國外讀書，我沒有什麼升學壓力的，對我來說，到哪裡讀書都可

以。不過我小時候是外婆帶大的，我想陪外婆，兩個寂寞的靈魂在一起，就不寂寞啦！」

原來和晨光一起住的，是他的外婆。

聽他這麼說，我的心裡泛起了一圈圈漣漪，我覺得他還挺孝順的。

他好奇我為什麼要如此奔波勞累，我的理由很簡單，不想被媽媽控制。

「妳有沒有想過，妳媽媽要妳把書讀好是為什麼？」

「大概是可以有一份更好的工作，過更好的生活吧。」

「然後呢？」

「然後……就讓生活品質更高一點啊。」

「生活品質更高。嗯，比如呢？」

「比如……唉唷，你這個人怎麼這麼煩啊？比如可以更悠閒一

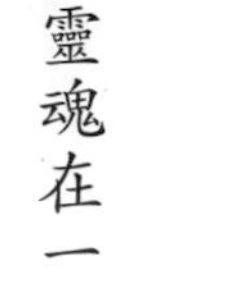

點，環遊世界啊，到山上呼吸新鮮空氣啊，看看海啊之類的！」

「到山上呼吸新鮮空氣，看看海？我們現在不就在做了嗎？」

是啊，我一下子說不出話，平時習慣喊他豬頭矮冬瓜，還下意識的以為他很笨，聽了他這番見解以後，我才知道，他一點都不笨。

相處時間長一點，我發現晨光的脾氣真好，他不容易生氣，總是笑。他這種反應，讓我很想做個實驗。

我拍他打他，他不生氣；我捏他，他也不生氣。後來，我不是大塊肉的捏，而是用指甲把肉捏得小小的，我知道，那很痛。

「妳變態喔！」他鬼叫了一下，然後看我捏他的皮膚上有深深的指甲印，就用力的搓啊揉。

「為什麼欺負我？」

我想笑，「不知道，就想打你。」我實話實說。然後我反問他：「你為什麼不打回來？」

他聳聳肩，「我也不知道，大概捨不得。」然後，又是招牌的傻笑。

「去！」我哪知道他說的話哪句是真的，哪句是假的。

爺爺又在抽菸了，他真是個老菸槍。

「爺爺別抽菸，很臭啦！我們可是拒吸二手菸的喔！」

「小靈通，菸沒了，幫爺爺買一包。」

「不要！」

「小光，幫爺爺去買包菸。」

「喔，好！」晨光迅速接過爺爺遞來的紙鈔，一溜煙的跑走了。

我望著他的背影，在心裡頭罵他：爺爺叫你去，你就去嗎？欠修理。

門「依呀」一聲開了，我正想破口大罵，沒想到進門的是一個漂亮的短髮姑娘。

「妳好！」她先看到我，和我打了一聲招呼。隨即看見爺爺，也笑著和爺爺打招呼。

「爺爺好。」她怯怯的問好，但很有禮貌。

「叫什麼名字？」

「徐雨潔。」

我幫她寫了一張新病歷卡，交給爺爺。

「有什麼問題嗎？」

「我……我的生理期不太準，來的時候不舒服，還有，」她撩起覆在額上厚重的瀏海，「額頭經常長痘痘。」

這果然是我們青春期的毛病，坐我前面的詩涵還會故意在經期吃冰，讓經期早點結束，結果，上週上課，突然臉一陣青一陣白，痛得跌坐在地板，她告訴我是生理痛之後，我按壓她的三陰交穴，才令她稍微舒服一些，可以走到保健室休息。所以，我坐在一旁，仔細聽爺爺怎麼回答她，學會了，或許我還可以幫助更多的同學。

望、聞、問、切是爺爺看病時經常使用的方法，他會先聽聽患者怎麼說，同時看看病人的氣色、觀察他的動作舉止、呼吸氣息來蒐集病人的症狀，接著「切」就是用手把脈或按腹部診察。長期觀察下來，我也偷偷學了好幾招，比如看舌頭邊緣可以判斷是否感冒等等。

爺爺了解了雨潔的狀況，並且把了脈之後說：「經期不準，吃幾帖調經的藥就可以。但妳體質較虛寒，切忌不要吃冰，尤其是生理期期間，吃冰會造成凝血並加強子宮收縮，把本來應該排掉的惡血留在子宮裡，久了就容易生腫瘤等不好的東西，所以萬萬不可以太隨性。

「妳的體質可以在經期結束後吃一些四物。還有，妳有貧血的毛病吧？是不是經常蹲下站起來就會頭暈，記得要多補充鐵質。血對女性很重要，不能缺，平時飲食要吃得營養一些，吃飽飯後，吃一些維生素C較高的水果，例如芭樂、奇異果，可以幫助鐵質吸收，買得到櫻桃的話，櫻桃的含鐵量高，可以多補充。妳正值青春期，要好好照顧自己，要知道，藥補還不如食補，求醫還不如求己。

「順道告訴妳幾個穴位，下次生理期不舒服，可以按一按，不過還是希望妳要從本質上去調整好。」

爺爺指著人體模型的穴位，讓她先知道關元、血海、三陰交大略的位置，然後要她按在自己的身上，確認一下。首先是關元穴，其次是血海穴，再來是三陰交穴。

1.關元穴：在肚臍直下約四指寬的地方。關是關藏，元即元氣，這個穴位是關藏人體元氣之處。可治痛經、月經不調。

2.血海穴：膝蓋內側，脾經所生之血的聚集處，主要治療月經不調。在巳時（上午九至十一點）左右按，還可以改善臉上的雀斑。找穴位時人端坐，我看見爺爺坐在雨潔對面，用他的右手掌覆蓋在雨潔的左膝，也用左手覆在雨潔的右膝，告訴她手掌自然張開，大拇指下便是血海穴。

3.三陰交穴：腳踝內側，直上三寸（約四指寬），在脛骨後緣。

確認過穴位後，爺爺提醒雨潔：「長青春痘是毛細孔阻塞，更應該讓毛孔透氣，像妳這樣用頭髮遮著，非常不建議。」

「可是，這樣不好看。」

「把青春痘醫沒了，才會更漂亮不是嗎？」

「千萬記得別吃辣、吃冰，一些寒涼的食物也先忌口，像西瓜、白蘿蔔、梨子、大白菜……。」

聽爺爺說得如此詳細，我決定要把經絡穴位學得更好。

我很欣賞眼前這個女孩，她漂亮、溫柔、得體、獨立，她就這樣獨自來解決問題，獨自離開。

離開的時候，晨光剛好回來。

「嗨，妳怎麼會在這裡？」

「來看醫生。Bye Bye！」

晨光笑嘻嘻的和雨潔道再見，我問他：

「你認識？」

「認識啊，她很有名好不好，隔壁班的班花。」

「隔壁班的班花就要認識嗎？」

「小姐，我們學校一個年級只有兩班，就算不是隔壁班的班花，天天經過，也會眼熟好咩。喔～，我知道，妳這樣拷問我是因為妳吃醋！」

「吃你的大頭鬼啦！」我捏他腰邊肉。

「說，為什麼爺爺只要一包菸，你卻買了一條？」

「我想，」他搔搔頭，「這樣爺爺就不用經常買嘛！」

「你以為買菸是買蛋嗎？萬一爺爺抽得更凶怎麼辦，你要負責？」

「爺爺又不是小孩！」

可惡，自作主張，我又捏了他另一邊的腰內肉。

13 答應我，你會活到兩百歲

秋分──晝夜平均

十月初的山上已經開始有一些涼意，我們所在的位置雖然不是很高，海拔約莫四、五百公尺，但早晚的溫差已經非常明顯。

沒人會想到升上八年級的我，和爺爺相處一年多以後，生活習性已經愈來愈像。我不但早起、練氣功、讀古書，偶爾我也喝喝老人茶。

我喜歡爺爺，爺爺也喜歡我，我們就像魚和水的關係，魚幫水，水幫魚，和樂融融，唯獨有一件事，我們會吵架。

「小靈通，現在翅膀硬了，敢和爺爺頂嘴了？」

「不是啦！爺爺，您知道嗎？抽一根菸會少活六分鐘耶！您一天抽一包，就是少活一小時，一年就少活十五天。您每天都在救人，為什麼就不懂得救自己？」

「救自己？」爺爺說：「唉呀，這不抽菸不習慣，像個呆子。」

「呆子？」我忍不住提高了分貝，不知道這中間究竟有什麼牽連和邏輯。

「這是什麼爛理由啊？抽菸容易致癌、心臟病、中風、肺病、糖尿病、白內臟、骨質疏鬆，還會掉頭髮……，一大堆有的沒有的，您不知道嗎？您是醫生啊！」

爺爺望著我，忍不住覺得好笑：「我的小孫女懂得可真多！」

「健康課本有啦！我都背下來了。」

「背這麼認真幹嘛？」

「背來罵您啊！」

「罵我？」爺爺敲了一下我的腦袋，他說：「妳這個小兔崽子，以前誰要敢用這種語氣還有這種態度跟我說話，不被我轟出去才怪！只是奇怪，現在看到妳這樣，竟然也不想生氣，敢情是老啦，沒氣啦！咳咳！」

最近的我，發現爺爺老咳嗽，特別是清晨，我的心裡總有股莫名的擔憂。

我只是覺得什麼事都好說，就抽菸這件事不行妥協！明明知道不好，為什麼還要明知故犯？

爺爺笑著問：「妳這麼凶做什麼呀？」

「我理直氣壯嘛！」我還是一臉氣呼呼。

嘟起嘴，負氣的轉過身去，我真的討厭爺爺抽菸，一百個反對。

每回把爺爺的菸偷偷拿去丟，他又可以去買。後來可好啦，還有夏晨光這個幫兇。

爺爺不疾不徐的勸我：「真真啊，理直——還是要氣和的，懂嗎？」

「不懂啦！我只聽過理直氣壯！」

爺爺笑了笑，轉而唉聲嘆氣道：「唉！看來不久的將來，我就要生一堆有的沒有的病了，現在的我真的很需要關心啊！」

我一聽，突然像顆洩氣的皮球，轉過頭，看著爺爺發白的頭髮、柔和的眼神，忍不住靠向爺爺身邊，撒嬌起來：

「爺爺，我罵您是為您好，不想您離開我啦！我們感情這麼好，如果哪一天您病了、走了，我真的會很難過的。」

爺爺拍拍我的肩，他說：「人，是陰陽界的動物，在這相對性的世界裡，有陰就有陽，有生就有死，我們不可能違反自然，妳要看淡一點。」

「不管不管啦！有我在，你要活到兩百歲。」

「兩百歲？那我不變成老妖怪？」

「對，你要變成史上最老的人瑞。」

但，爺爺沒有答應我。

「爺爺活夠了，我一直在創造活著的價值，所以老天爺什麼時候要我走，我都沒有遺憾了，只是，沒能看我們小靈通穿上漂亮的婚紗走進結婚禮堂，

有點兒可惜罷了。」

「那您要為這件事答應我，健健康康的，活到兩百歲。」

爺爺還是沒有答應。

「告訴爺爺，妳心目中的白馬王子是怎樣？」

我忍不住覺得好笑，我爸和我媽才不可能問我這種問題呢！難不成，爺爺除了要當我人生中煮第一碗麵的導師，還要當我愛情的導師嗎？

認真的思考一下，我說：「我心目中的白馬王子啊，」我把眼神望向星空：「他不必很帥，但起碼要讓我看得順眼；他不必很優秀，但起碼要成熟；他不必多才多藝，但最少要對自己有自信。」

隨後，我把眼神拉回眼前，我說：「哪像那個夏晨光，討厭幼稚又沒主見。」

爺爺大笑，他說：「我問的是妳的白馬王子，沒問晨光喔！不過

晨光這個孩子本質好，我喜歡他。」——

爺爺喜歡他，本質好，是什麼呢？

14 真的是我的傑作？

寒露——天氣漸寒

最近的晨光很喜歡踮腳尖走路，他還是跟以前一樣，老喜歡來到我身旁，和我比身高。

「走開啦！」每當他靠近我要比畫，我總嫌他煩。

但我是他長高第一階段的指標，他才不會輕易走開。

他的變化真的很驚人，兩週見一次，每一次都覺得他又抽高了，成長的速度真的擋不住。

晨光小我幾個月，我們讀同一屆。記得國一那年的春假我們在蜈

蚣島第一次碰面，我還以為他要升小學五年級而已，從身高來看，真的是矮冬瓜一名。上了八年級，晨光的外婆帶他來看爺爺的時候，他還只有一五二公分而已，後來，他勤跳繩、打籃球，還把鮮奶當作開水喝，真的進步神速，加上爺爺開的轉大人藥方，更有如神助。

三個月後的一天，他開心的對我說：「我看得到妳的頭頂，比妳高囉！」

「幼稚！」我罵他。

「總之，妳再也不能叫我矮冬瓜了。」

「錯！是豬頭矮冬瓜。」

「我再說一次，妳再也不能叫我矮冬瓜了。」

「幹嘛那麼在意？」

好吧，我靠近他，賊賊的笑著：「既然要省略矮冬瓜，那我只好叫你『豬頭』囉！」

「什麼豬頭，我明明就很帥。」

「好嘛，帥豬頭。」

寒假過後，我們見面，他又長高好幾公分。反倒是我，偶爾龜速前進，大多時候停滯不前。

他抱著一顆籃球來找我，身上都還是淋漓的汗水。

「小靈通，明天早上有一場籃球賽，妳可不可以過來加油？」

「我問問爺爺，應該可以的。不過，你會上場嗎？你那麼矮，也打比賽啊！」

晨光用食指轉轉籃球，他說：「我們練得可勤了，我現在雖然打後衛，但繼續努力，有朝一日應該可以打前鋒。」

「對，有機會，等哪一天你們隊友全拉肚子，你還可以打中鋒。」

「妳嘴巴很毒耶！」

「鬧你的啦，豬頭！明天加油喔！」

「嗯！」晨光很開心。

隔天，我真的依約前往體育場。

場上的晨光和我平時認識的不一樣，他幾乎是場上的領導，每次半場進攻，他總是很冷靜的指揮，比出手指，告知隊友打幾號戰術。有時穩扎穩打的切入、再快速分球給埋伏的中鋒形成助攻；有時在外圍傳導，遇隊友掩護時毫不遲疑的投進三分球；偶爾也會中距離跳投。他打籃球的頭腦靈活，根本不是豬頭。

晨光的身材雖然不高，卻是稱職的控球後衛，是場上的靈魂人物。

可是我發現，我的目光會被另一個人物吸引，是晨光的隊友——

十一號。

十一號球員身手敏捷，他能洞悉對手的下一步形成抄截，也會突然躍起，積極去搶隊友放棄的防守籃板形成第二波攻擊，更會因刁鑽的身手吸引對手犯規而加罰得分，他在場上有一種令人欣賞的鬥志與霸氣。

空檔的時候，晨光會瞄瞄看台上的我，對我微笑，我知道，他很開心我能來，他並且在賽前就交代我，一定要等他收完操，忙完之後一起走。

比賽結束，我稱讚他今天的表現很棒！

「那個十一號也很棒。」

晨光說：「他是三年級的學長許偉強，妳剛剛在偷看他對不對。我告訴妳，妳欣賞可以，可別喜歡他，他和隔壁班的徐雨潔在交往。」

就是那個徐雨潔，難怪我剛剛也看見她。

這世界真是小啊！

晨光換下球衣，我看到他身上有很多深深淺淺的瘀青，手臂、胸口、腰際……。

我指著那些瘀青問：「你……被家暴嗎？」

晨光睜大眼睛道：「小姐，這都是妳的傑作好不好？」

「不可能！」

「什麼不可能，全世界只有妳捏過我。」

我盯著那些傷，突然覺得自己好壞、好凶。

輕輕戳一下那些瘀青，我說：「很痛吧，我保證以後不會再捏你了啦。」

「哇！那真是謝天謝地，老天保佑。」

我的視線還是沒有從他身上轉移，我真的沒想到，那十幾個瘀青

都是我的傑作，我真的不是故意的。看得見的有這麼多，那以前消失看不見的呢？想當初，我只是想做個實驗，看看他的脾氣到底有多好而已。

看來，他真的很大器，也很縱容我。

「方小姐，妳一直這樣盯著人家迷人的胴體，人家會害羞。」晨光用手掌遮住他的乳頭。

我……

就說了你是豬頭。

我回過神，轉身，臉不禁也紅了。

15 笨蛋！

霜降—天氣轉冷開始有霜

只要遇到大寒天，阿森伯就會擔心我們的被子不夠厚，著急著要為我們送厚棉被來。他真的在我們的生活起居上，照顧我們很多。否則路途遙遠，東西搬運不易，總有許多不便。

為了回報這些朋友的幫助，爺爺也會準備一些小禮。

「小靈通，幫忙送一些禮物給朋友。雷公根藥膏是阿森伯要的，明日葉養肝茶包送給周爺爺泡，另外，妳月珍阿姨要香茅油。」

「好。」

「對了，回來的時候幫我買包菸。」

後面這句我裝作沒聽到。

幫爺爺送禮物，我在山腳下走走晃晃，走著走著，在周爺爺家附近的公布欄看到了一張海報，忍不住停下腳步。

「小靈通，妳在這裡做什麼？」晨光騎輛單車來到我的身邊。

我指著海報告訴晨光：「你看這張海報上面寫著『日領高薪』，是領時薪耶，做一小時可以領一小時的錢，好好喔！而且上班時間是晚上七點到十一點，學生可，搞不好我可以來打幾小時的工喔！」

晨光一聽，不可思議的搖了搖頭，他停好單車，說：「妳過來。」

撥開我額上的幾許髮絲，他扶著我的頭，用他的額頭碰碰我的，然後敲了一下，問我：「妳醒了嗎？」

這是他第一次打我，我吃了痛，皺著眉用力推了他一把，「幹嘛啦，很痛耶！」

「妳是白痴嗎？喔，不，我應該要用肯定句——妳是白痴啊！這裡的人都知道這不是一間純的泡沫紅茶店好嗎？」

什麼純不純，不就是泡沫紅茶店嘛！誰知道啊！

「笨蛋！看來妳小靈通這個稱號，應該也要用在日常生活中。」

這是他第一次罵我，用這麼重的語氣，沒有露出白牙和傻笑的。

哼，好好說，我又不是聽不懂。

阿森伯夫婦在山下開一間五金行，上次到蜈蚣島抓蜈蚣、做蜈蚣酒，就是阿森伯和美麗伯母要的。爺爺和他們夫妻倆已經是多年的好朋友，所以一到晚餐時刻，我們幾乎都到阿森伯家裡用餐。

阿森伯是原住民，個性爽朗好客，美麗伯母的手藝也佳，她總說：「有人吃我做的飯菜，我不知道有多開心！不過是多兩雙筷子，千萬不要客氣。」

這些年，他們的兒子女兒長大離家，只剩小芸姊姊在讀高二。

爺爺感謝阿森伯平時幫忙看顧藥園，每個月的月底一定會結算工錢和藥材費給他，一筆一筆，清清楚楚。但阿森伯看也不看，他總是說：

「唉呀！這種小事情不要計較，也不要放在心上，我很高興你讓我有事情可以做。」

有卑南族血統的阿森伯很會做竹筒飯，美麗伯母則很會料理野生蔬菜，我經常會在他們家吃到好吃的竹筒飯以及都市裡不常吃到的山野菜，像是過貓、角菜、白鳳菜、半天筍、黑甜菜……等等，依四時有不同的野菜料理。

秋冬的時候，她喜歡用枸杞、紅棗和金線蓮熬成湯頭，再將野菜汆燙一下，沾不沾昆布醬都很好吃，她還會自製香椿醬，只是我覺得香椿的味道太濃烈，不太習慣。

我曾經問過爺爺，為什麼台東有這麼多藥草？

爺爺說，在日治時期，日本人就發現台東的藥草資源相當豐富，所以又在台東栽培很多原生種的藥草，所以台東也被稱為「藥草的故鄉」。

這些植物，可以做菜，也可以入藥，既可治病，也可養生，所以我們很幸福。

美麗伯母說：「本來我也不懂，全是爺爺教我的。這些野菜都含有豐富的維生素和礦物質，對身體很好。妳阿森伯牙齒不好，我以前為了他都把菜煮太久，也是爺爺告訴我，菜汆燙的時間只需要十～二十秒，養分才不會流失掉。妳阿森伯以前只愛吃山豬肉，現在有好一些，也喜歡嚼草啦！」

「對，人老了，要養生。」阿森伯總是很爽朗。

用完餐，美麗伯母還教我做養生茶、打養生果汁。

這晚，我們製作接骨木汁：

真真的人體大腦記憶庫

淡黑接骨木，溫帶地區常見的落葉灌木。開米黃色的花，結黑色漿果。

用途：根、莖、葉可治療骨折和肌肉抽搐；花可做甜食、酸菜配料並製成酒精飲品，有治療感冒、喉嚨痛及關節炎的功效。葉可治療瘀傷和扭傷。漿果可釀造美味的飲品，含維生素C，此植物具有多種保健用途。

嗯，我嘗了一口，挺好喝。

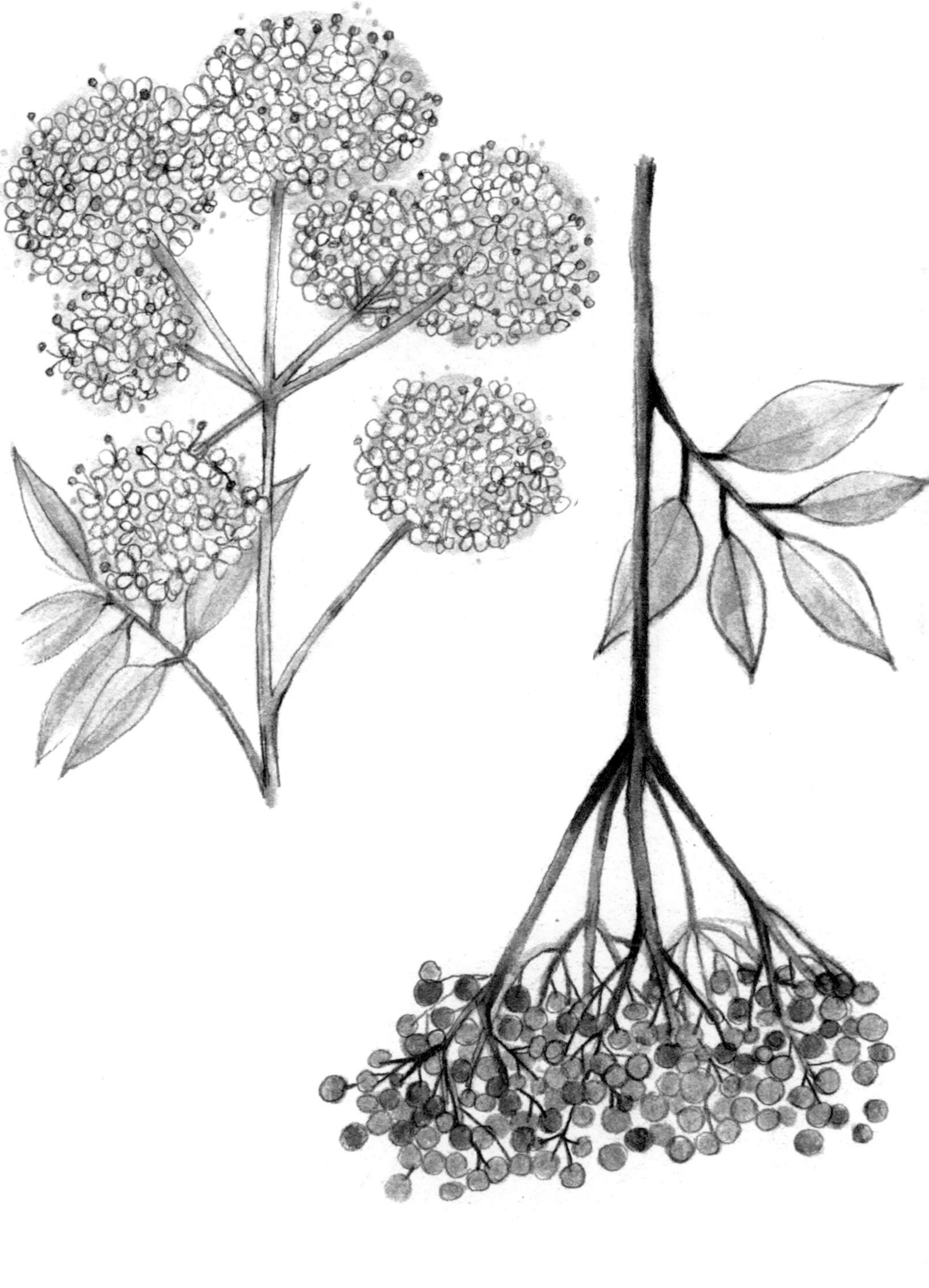

「爺爺，我想拿去給晨光喝。」

爺爺同意了，晚餐以後，爺爺不看診，這段時間，也就是我的自由時間。

小芸姊姊回來了，她這陣子很奇怪，回到家總是穿著一件大外套。

我問她：「小芸姊姊，妳不脫外套，不熱嗎？」

「不熱不熱，外面的天氣那麼冷。」

「這麼虛啊？要不要讓爺爺把把脈？」

「不用了，爺爺，我是學校田徑隊的，身體壯得像頭牛。不脫外套，是因為裡面只穿短袖運動衣。你們慢慢吃，我去讀書了，快高三了，考試一大堆，我得用功點。」

阿森伯眉開眼笑：「我們小芸啊，成績一向很好。兄弟姊妹當中，就她最會讀書。告訴爺爺，妳的第一志願是什麼？」

小芸姊姊彷彿有話想說，但她欲言又止。

「我回房了。」

「好，用功，用功，告訴你們一件事，我已經買好了一串最長的鞭炮要慶祝，等她考上，就把它放得劈哩啪啦響，呵呵。」阿森伯黝黑的臉上，滿是欣喜，彷彿小芸姊姊明天就要考上一樣。

「小芸加油，晚一點媽媽做宵夜給妳吃。」

踏出門，我的心底響起了一個聲音：他們對小芸姊姊真好。

來到晨光家，晨光又開我玩笑：「白痴方小姐來啦！」

我嘟起嘴，覺得自己好心沒好報。扭開水壺瓶蓋，我咕嚕咕嚕灌了起來。

「這什麼？」

「本來要給你喝的飲料，現在不想給你喝了。」

我仰頭又要灌，他一把給搶走，不出五秒，把剩下的一半通通給喝光。

「有必要這麼急嗎？」

「有！因為妳很小器。」

「誰叫你罵我。」

他抹抹嘴，問：「真好喝，哪來的？」

「美麗伯母教我做的。」

晨光看起來很開心。

「謝謝妳想到我。」他摸摸我額頭上曾經撞我的地方，問我：「還痛嗎？」

「廢話！」

不過，看到他額頭上的腫包也還有點發紫的印記，突然覺得很好笑，哪有人用自己的頭撞別人的？

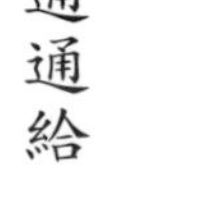

「啊——」一聲尖叫從十點鐘方向傳來。

一個女子在前面奔跑，一個男子在後頭追逐，然後，追上，拉扯……

我和晨光用衝百米的速度趕過去。

是徐雨潔！

我打電話報警，晨光更神勇，上擋、出拳、肘擊、過肩摔……，三兩下，把那個人打趴在地板。

附近的居民聚攏過來，派出所的員警也來了，這一夜，我們竟然要到派出所做筆錄。

原來雨潔看了海報要去應徵，但後來發現不對勁要逃跑，流氓就追了出來。

幸好，沒事！只是是不是每個人都可以這麼幸運呢？

這個世界，有壞人才有好人，如果每一個人都是好人，根本就沒有好壞之分。我真希望那些壞蛋通通產生自覺，改邪歸正，要不然就通通被消滅掉。

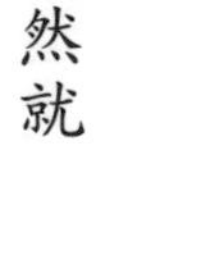

16 快來，教我空手道

立冬──冬天開始

雨潔的事件之後，我深深覺得，會一些拳腳功夫防身，很重要；能夠對別人伸出援手，更有如救星駕到。

「快點，教我空手道。」

我看晨光剛從道館回來，還穿著道袍。

「妳也要學這個？」

「對啊，我媽叫我彈琴、跳舞，我根本沒興趣，空手道可以拳打腳踢，感覺比較有趣，但我媽一定不會答應讓我去。所以想來想去，

還是你教我最適合。」

「嗯，想學是可以。『自行束脩以上，吾未嘗無誨焉。』」

晨光一手扶著腳踏車把手，一手攤開著掌心等我表示。

我環顧四周，立即前往牆角拎起了一條長尾巴。

「喏！」我嚴肅又正經的遞到他面前。

「幹嘛？」他嫌惡的看了一眼。

「束脩啊！壁虎肉乾，請師傅笑納。」

「哼，沒誠意！這能吃嗎？」

「你要吃就能吃的，要不要徒弟現在再去準備一些黑胡椒？說不定灑上了以後，滋味更好。」

「妳還是自己留著慢慢享受吧。」他轉頭便要走。

「拜託嘛！」我合起雙掌，只好撒嬌，再拉拉他的衣角。

「小心我第一天就把妳掃地出門。」

「喔喔，出爾反爾，說話不算話呢！前一秒才說『自行束脩以上，吾未嘗無誨焉。』，現在馬上就要把人家掃地出門。」

晨光停了一秒，看著壁虎肉乾「噗」的笑了。

我就知道，他脾氣最好了。

他投降道：「我最討厭別人說我沒信用了，算我輸妳好嗎？上來吧。」

他引我上他家三樓，那裡有一個房間，鋪滿了柔軟的地墊，看起來這是晨光平時練習的地方。

「哇！這裡好寬敞啊！」

「外婆說，反正這裡

也沒人使用。」

「那你快表演給我看。」

「好，我先打個型。」

晨光穿著白色道袍，很專注的打一套。他學空手道應該也有兩三年了吧，幾個月前，三公里外開了一間新道館，晨光又重新去找教練。

看著他嚴肅的表情，我很想笑，但不可以，因為我知道他在運氣，我不想他受我影響岔了氣，那會內傷。

出掌、跨腳，轉身、抬腿……，看他這麼認真，還真是挺帥的。

表演結束，我給他一個熱烈的掌聲。

拉起他腰間繫著的咖啡帶，我問他：「我現在開始學是白帶，然後呢？」

「紅帶。」

「再來？」

「綠帶。」

「接著？」

「藍帶、紫帶、黃帶、咖啡帶。」

哇，差這麼多級啊，我不知道晨光已經這麼厲害。

「五月，我應該可以升黑帶，不過，離『厲害』兩個字還很遙遠。」

「很好，快教我吧！」

「通常我們在道場開始上課，會雙膝跪下，先行禮，這是尊師重道。不過妳和我，就免了。」

「然後我們會熱身，一起拉拉筋，做暖身，這個動作不可以免。」

晨光帶著我動手腕、壓腳、連續踢腿，伸展、拉筋……。我覺得他真是一個挺有耐心的好教練。

緩慢的做完暖身後，他教我出拳。

先將手指漸次收回握成拳頭狀，往前平舉，與肩同高。然後，晨光講了四個分解動作：

1.平舉，拳心向上

2.收回，貼緊體側

3.出拳時肘微彎

4.用點力道帶出，拳心順勢翻轉向下

我將四個動作串連起來，反覆練習著。

晨光滿意以後，他要我左腳在前，弓箭步站好，同時左手手掌打開，右手出拳，依剛剛練習的出拳方式，帶動身體扭腰做連續動作。

「赫！赫！」出拳的時候還可以喊出聲。

下半節，他教我各種擋：上擋、中外擋、中內擋、下擋、手刀

檔。

休息的時候，晨光問我：「學空手道想做什麼？」

「當俠女。」我不假思索比出一個手刀擋。我希望能夠幫到自己，也幫助需要幫助的人。

「嗯，妳的確有俠女風範。」

往後，來台東的週六晚上，爺爺到阿森伯家聊天，我就在晨光家的三樓學空手道，那裡是我的私人道館。

「赫！赫！赫！」識相點的，別惹我。

17 防身術

小雪—開始飄雪

又到了週六夜晚，要進行我的空手道特訓。我進行這樣的特訓已經有三個多月了，寒假過後一個月，晨光要驗收一下，看我有沒有偷懶。

晨光在牆上用拳套設定的三個位置還在，分別有頭、腰部及膝蓋的高度。我在練習完上下高度交換的迴旋踢練習後，一時興起，想要有一些實戰演練。

「今天，你教我防身。」

「好。」晨光也知道我等這一刻很久了，「我們來假設幾種可能狀況。」

我指著晨光，笑著作弄他：「遇到暴露狂。」

「妳放心，一般暴露狂不會對妳有興趣，因為……妳像男的。」

我給他一個迴旋踢，被他閃了過去。

「我確定，像妳這麼勤奮的練習，如果真遇到暴露狂，應該可以把他飛踢得很遠。」

哼！我臉上又露出一絲小驕傲，會怕就好！

模擬時間開始：

假設第一種狀況，當你坐在捷運上，有一個瘋狂的歹徒，手裡握有一把刀朝你走來，同時舉刀劈過來。

很熟悉對不對？對，這就是曾經喧鬧一時的社會事件。

「先別慌，要有穩定和處變不驚的態度。空手道有一句名言：

『敵不動，敵動我要動得比他更快。』如果刀從頭上砍下來，先用上擋，然後捉住對方的手往腰部拉，外腳勾住對方的腳往自己的方向，順勢把對方壓倒在地，再送他一拳。」晨光邊做動作邊講解。

我們一遍一遍套招，突然我想起一個問題：

「那沒學過的人怎麼辦？又不是每個人都會武功。」

「拿用具防身，雨傘真的挺好用，可以拿出來抵擋和攻擊，記得要側身，要閃，盡量別和歹徒正面交鋒。平時坐車啊，還是別顧著當低頭族，要留心周遭的狀況。」

模擬狀況二：假設歹徒從後方一手摀住你的口鼻，一手拿著美工刀威脅你。

「如果妳穿高跟鞋，可以踩他的腳。」

「不可能，要我穿高跟鞋，還不知道要等幾百年。」

「對喔，我又忘記妳不像個女的。」

真是欠扁。

「好啦，開玩笑。不管有沒有穿高跟鞋，都可以用鞋跟踩他的腳面，再踢他的脛骨，人的脛骨是很脆弱的，等他放鬆時，趕快用肘擊撞他肚子，然後快跑。」

慢動作講解後，我們又一遍一遍套招練習。踩腳、踢脛骨、肘擊、過肩摔或踢他重要部位，接著，快跑。當然，我現在的程度還沒能把他成功過肩摔。

第三種狀況，當歹徒握住你的手腕，要控制你行動的時候，記住，他虎口扣住之處，必有一段開口，可以往扣住的開口處順勢往下，即可掙脫。

「妳試試。」

真的有效。

「教練還有教過一種狀況，就是歹徒從背後出奇不意的環抱妳。

防身之道可以伸出兩手交叉在胸前，在他的手掌內，防止他繼續用力，然後把腳張開跨穩，手用力往外撐，一樣給他肘擊後，快跑。」

可是晨光講解後，他卻沒有任何行動。

「怎麼了？」

「我……」

「沒關係啦！」我心想：反正我穿著跟晨光借來的道袍，道袍這麼厚。

「那我來囉！」

「嗯！」

可是，當晨光抱住我的那一剎那，我還是忍不住叫出聲。我蹲下來，只覺得那環住的手臂很奇妙，我沒有辦法把他當成歹徒，更沒辦法把他當作教練，他就是晨光啊，那感覺，真難為情。

轉身衝下樓，還聽到晨光喊：「妳還沒做體能訓練呢！」

每回要結束前，我們都會做體能訓練，有時候我們兩手撐在地板上，一腳前一腳後，像跑步似的不斷交換，一輪三十下，看誰先做完。

這個動作挺累人，但有伴的感覺真好，有人陪著一起吃苦，你會發現自己潛力無窮，自己不是世界上最可憐的那個人。

但我只想衝回家，回到鐵皮屋。

爺爺問我：「發生什麼事了？怎麼今天比較早？晨光呢？怎麼沒有跟妳一起來？」

爺爺啊，您就別問了，我總不能說，晨光摸到了我的胸部，我覺得……很害羞，很難為情吧！

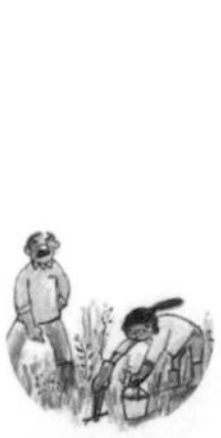

18 藍寶石

大雪——開始下大雪

隔天，晨光一早就送早餐來給我和爺爺，自從晨光的外婆知道爺爺喜歡吃清粥小菜以後，店裡就多了這項選擇，她說，沒想到加了清粥小菜生意更好，以後要考慮轉型，換掉包子饅頭。

晨光看起來很正常，沒什麼不一樣，倒是我，一看到他，就會想起昨晚的抱抱，唉唷，他不會覺得我是故意的吧！

複習了人體的經絡穴位後，爺爺要晨光和我一起去藥園，把客人需要的白鶴靈芝草帶一些回來。

晨光平時都騎一輛單車，為了能夠載我，還請老闆加裝後座。有時候我們不騎車，就走捷徑。山路的另一邊，有一條步道，但這條步道階梯多，我們經常跑跑跳跳，看誰先到達山腳。

「妳今天都不說話。」他站在我的斜前方問我。

我……怎麼知道該怎麼說。

「是不是覺得被我抱了不好意思啊？」他微微轉頭，伸手輕輕握住我兩手的手腕，拉著我去抱住他。

晨光背對著我，現在的他已經比我高很多，胸膛也厚實很多。我的頭倚靠在他的背上。他說：「好了，現在我也被妳吃過豆干了，別不好意思了。」

什麼跟什麼呀？怎麼聽起來，都像我吃虧。

我想掙脫，但他沒有這個想法。停了幾秒鐘，他用很細微的聲音說：「真真，我喜歡妳。」

我沒聽錯吧？他真是這樣說嗎？這是在告白嗎？

他轉過身，又露出那招牌的傻笑，那口大白牙。

「可是……，你不是說我不像女的嗎？」

「妳是很凶啊，但我喜歡妳的真。這個，送給妳。」他從脖子上取下了一條紅繩項鍊，那條紅繩上有一個藍墜子。

仔細一看，是個葫蘆造型的石頭，水藍色的，質地純淨，晶瑩透亮。

「這個葫蘆造型的藍寶石送給妳，葫蘆代表福，希望福氣永遠伴隨妳。」

「你怎麼會有這種東西？」

「外婆給的，這條項鍊我從小戴到大。外婆說，台東的都蘭山曾經盛產過藍寶石，外公也一起去採過原礦，他們會拿藍寶石去換金子。現在，這種礦石已經很少很少見了。」

「既然是你外公留下來的，又已經這麼少見，你怎麼還送給我呢？」

「教地球科學的老師說過，台東的藍寶石因為硬度不夠，應該稱為藍玉髓，但我不管它稱什麼，對我來說它就是一塊寶石，是外公辛苦去開採的寶石，是外婆特別請人雕成葫蘆送我的寶石，也是一個未來的名人，他戴過十幾年的寶石，所以，我要把它送給妳。」

未來的名人，真是臭美！

我想起羅蘭巴特說的話：「戀人愛上的是愛情本身，而非情侶。」

我問晨光：「你喜歡的是我，還是愛情？」

「什麼呀？聽不懂！就是喜歡妳才有我的愛情嘛！」

他如是說。

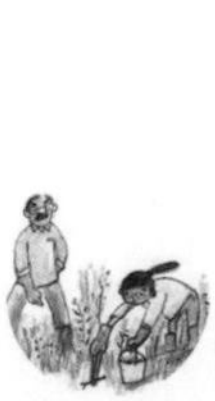

奇怪，天氣很冷，但我的心卻很溫暖，握著純淨的藍寶石項鍊，

我嗅到的空氣裡，有一種滋味，叫做浪漫！

19 順時而為

冬至——此夜最長

寒冷的冬天，我們來到鐵皮屋，不再需要五點鐘起床，但我們晚上會多做一件事：泡腳。

爺爺經常泡腳，他也會鼓勵看診的病患多多泡腳。泡腳有很多功效，可以促進血液循環、活絡筋骨、消除疲勞，也可以幫助新陳代謝、排除體內的毒素。

足浴的時候，我們通常會在三十八～四十度的溫水中，加入香茅或艾草。根據《本草綱目》記載，艾草是一種性溫無毒的純陽之物，可以走三陰而驅逐一切寒濕，也可以轉狂躁之氣為祥和，治百種病邪。

爺爺製作的藥草包也很受歡迎。通常老人家會感到肩頸痠痛、坐骨神經痛等等，他們會選擇痠痛包；年輕的女士愛美，就會挑選塑身包或美膚包；經常熬夜、疲勞的上班族擔心肝功能不好，也有排毒包。冬天的時候，有人喜歡泡澡、有人會用蒸氣浴，都可以使用藥草包。

這天，爺爺帶我和晨光上山，準備採集一些藥草包的材料，在路邊的涼亭，看到一對情侶正在摟摟抱抱。

爺爺有些看不慣，他冷哼了一聲。

有那麼一瞬間，我很擔心爺爺會朝他們破口大罵，那有點像我爺爺會做的事，還好，他忍住了，只乾咳了兩聲。要不然，我都替那對情侶感到尷尬。

爺爺快步走，他打算眼不見為淨。

晨光湊到我身邊問我：「妳不覺得那個女的身影很熟悉嗎？」

「人家卿卿我我，幹嘛偷看？」

「不是，我就覺得她很像一個人。」

「誰啊？」

「徐雨潔。」

我有點驚訝，她和國中籃球隊的十一號在交往，很多人都知道，只是沒想到，他們的感情這麼要好，而且還在大庭廣眾之下。

是啊，人生充滿了變數與意外，我沒料到的事還有更多。

五月的第二個週末，我回到鐵皮屋，竟然沒有看到阿森伯和美麗伯母，更奇怪的是，隔天早上也沒有，手機也不通。

晨光跑來通知爺爺：「知道嗎？昨天發生了一件大事。」

「什麼？」

「小芸姊姊生了，昨天放學前，她竟然在學校的廁所裡生下了一個小寶寶。」

「小寶寶？」我瞠目結舌，覺得自己一定在作夢。

「是真的，這件事情轟動了他們全校，連我們國中都知道。」

「然後呢？小芸姊姊還好嗎？」

「她還好，不過小寶寶不在了。」

不在了？這些消息對我來說真是晴天霹靂！讓人不得不感嘆，生命的來去也太無常，我們彷彿還沒來得及喘口氣。

沒有人知道她懷孕啊，她什麼也沒說。

懷孕最少也需要九個月吧？學校老師沒發現嗎？她的父母親沒發現嗎？就算她不會害喜，難道她的家人都沒看到她的肚子隆起？

可是，我又有什麼資格說她的家人和學校呢？我每兩個禮拜見她一次，我還到她的家裡去吃飯，和她面對面，而我，也從沒發現這個天大的祕密。

她隱藏得太好了。難怪，難怪她總是躲在房間，躲著爺爺，難怪，她總是說在學校溫書，很晚才會回家，也難怪，她總是穿著寬大的外套，我們以為她怕冷、發福，其實都不是。

爺爺氣炸了，他有勸美麗伯母要多關心一下小芸姊姊，但依結果來說，似乎沒有太大作用，他更氣自己是個醫生，竟然沒有提早看出端倪，好多多留心，只能在現在亡羊補牢。

爺爺悶著不說話。天氣開始變暖，但我們的心似乎比融雪的時候還要寒冷。

我想安慰爺爺，爺爺啊，您真的不必自責，您和她見面的次數真的不多。小芸姊姊太聰明，她總是躲，要讀書是她最好的藉口。

她大概也是害怕，才會選擇不說，選擇走一步算一步吧！

事情發生以後，阿森伯和美麗伯母才發現，原來小芸姊姊有一個交往兩年多的男朋友，讀別的學校。

小芸姊姊怕事情曝光，怕成績退步，她只好更努力的讀書，我想，她一定很辛苦吧！只是，她為什麼要這麼傻，什麼都要自己扛呢？是怕說出來，大人對她的期待會幻滅嗎？

人生，真的有很多的迷惘與選擇。

阿森伯拿出那串又長又大的鞭炮，這串鞭炮本來是準備給小芸姊姊考上大學後，慶賀用的。阿森伯將它垂掛起來，點了香，引了線，劈哩啪啦的火龍不安分的飛舞，那炮聲隆隆，響徹雲霄。

阿森伯苦笑低語著：「恭喜我吧，我有第一個孫子了呢！」

這句話聽起來好辛酸啊！

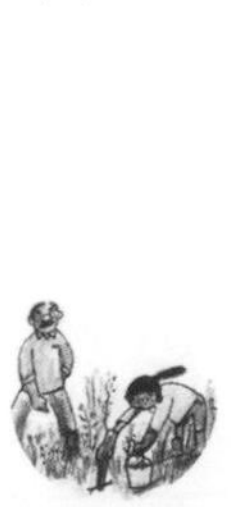

或許是看到雨潔那麼情不自禁，又聽到小芸姊姊產子的爆炸性消息，爺爺也開始未雨綢繆。

回到鐵皮屋，他把我和晨光叫到眼前，耳提面命了一番，好像犯錯的是我們。

「雖然說，天地不交則萬物不興，但任何事都要順時而為。《褚氏遺書》的〈問子篇〉寫道：『合男女必當年，男雖十六而精通，必三十而聚；女雖十四而天癸至，必二十而嫁。皆欲陰陽完實……。』懂嗎？都必須等到男女雙方的生理機能發育完備。你們現在的年輕人情感往往戰勝理智，但交合太早，男子會傷其精氣；女子會傷其血脈。男子以精為本，女子以血為本，精傷腎，血傷肝，這都是往後疾病的根由。總而言之，慾不可早，要謹慎！」

唉唷，爺爺實在太誇張了啦，怎麼當我們的面說這些啊，真令人害臊！我在心裡嘀咕：

「我和晨光沒有什麼啦，我們只有牽牽小手，偶爾抱一下而已。人家會守貞的啦！」

爺爺又習慣性的咳著，我勸他，也要照顧好自己的身體啊！他最近食慾不振，偶爾會有點喘。

爺爺對我說，接下來的暑假，他都想待在這卑南的半山腰，問我可好？

當然好，這裡是我的自由天堂啊，我一定會舉雙手雙腳贊成的。

20 多事之秋

小寒——天氣寒冷

爺爺雖然年紀大了，但絲毫不影響他的看診與判斷。他的個性拘謹細心，在他的訓練下，雖然我已經可算是個小小醫女，取藥從來不出錯，判斷推測也都在合理範圍，已經可以幫他不少忙，但他所開的藥方、劑量，所採集的藥材，都會經過再三確認。他總是說，每個人都是獨一無二的，每個人的體質不同，不能一概而論，必須對症下藥。

這陣子，他對看診的病患更細心了，幾個老朋友除了處方箋之

外，連未來應該如何做好保健都講解得一清二楚。我想，他受小芸姊姊的影響一定不小。

爺爺加倍耐心的看診，我和晨光則是過了一個充實快樂的暑假。

這個夏天，我們還為鐵皮屋進行了愛的命名行動，由於鐵皮屋附近的山路是人們長期踩踏出來的小徑，根本沒有正式的路名，所以我們就以爺爺的名字來稱呼，誰叫走這條路的多半都是來找爺爺的，以爺爺的名字命名最合適不過。

爺爺姓方，單名一個中字。我豪氣的說：「就這麼定了，方中街。」

整條街上就只有爺爺一間鐵皮屋，晨光在門邊彩繪，還畫了一個門牌，上頭寫著：「方中街九十九號」。

我問他：「為什麼不是一號？」

「長長久久嘛！」

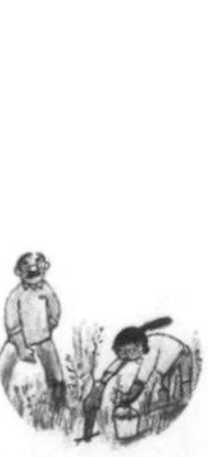

捉住爺爺空檔的時候，我告訴他：「爺爺，這間鐵皮屋是我們的幸福小屋，它的地址是方中街九十九號。」

爺爺點頭微笑，他就這樣允許著我和晨光胡鬧。

晨光還在彩繪，他在牆上畫爺爺、他還有我，我們三個就像卡通裡的小朋友，一起手牽手。

幸福小屋旁有一棵大樹，我們在大樹上加裝了一個鞦韆。一塊可以我們兩人一起乘坐的寬木板、兩條繩索，在爺爺的幫助下，我們將繩索和木板固定起來，就這樣在大樹下盪著簡易的鞦韆，盪得不亦樂乎。一邊聊天，一邊覺得我們就是全世界最幸福的人。

「我好開心喔，這間幸福小屋有爺爺、晨光，還有小靈通。」

「現在不叫我豬頭啦？」

「豬頭。」我小聲的開他玩笑。

「這麼說，妳喜歡一個豬頭。」

他朝山的那一邊大喊：「小靈通喜歡的人是一個豬頭。」

「小靈通——豬頭。」回音這樣傳過來。

怪怪的呢！好像我小靈通在罵自己一樣。

我偏頭看他的側臉，「還是改一下好，要改叫你什麼呢？」

「好吧，我委屈一點，我是不介意妳叫我『老公』啦！」

「去你的。」我揍了他一拳，他有時候就是這麼不正經，可不知道為什麼，心裡有一種滋味，叫做甜。

「我來想一下以後我們的小孩要叫什麼名字。嗯……，夏一跳，夏流……」

「你才下流！」

「夏痢、夏輩子、夏……下面癢。」

我們大笑，但我又揍他，怎麼都那麼難聽啊？我笑得前俯後仰，我們就像兩個瘋子一樣。

太平洋真的好美，海岸山脈、中央山脈層層疊嶂，我們依著山傍著海，覺得自己既是仁者，也是智者。

更讓我們驕傲的是，在爺爺的督促之下，暑假結束，我們認識的藥草已經堂堂邁進一千大關，自繪或拍照建檔的草藥資料庫已有厚厚一疊，不得不依照科別分類。人體穴位也在我們互相考試、互相複習之下，全部記在腦海。我們更讀完了《黃帝內經》、《易經》，背完了《中庸》與《道德經》。在爺爺的觀念裡，健康除了順應四時、情緒抒發得宜、適當運動與清淡飲食外，讀聖賢書也是必須。

而在空手道的私人特訓，我的肘擊和迴旋踢已經練得相當純熟，走出道館，我們倆經常一起瘋，假裝自己就是俠客俠女，演繹著人在江湖、路見不平的武俠情節，隨時準備拔刀相助。

雖然，我們的豐功偉績總共只有救過一隻流浪貓，打退過一頭惡犬。

不過，那隻流浪貓是頭母貓呢！當時看牠腿受傷，餓得喵喵叫，我們趕緊找食物去餵牠，沒想到牠就這樣認定了我們是主人，不走了。

晨光把牠養在住家旁邊的巷子口，打算把牠養得肥肥胖胖，後來，貓的確是胖了，可惜只有胖肚子。當狐疑的我們最後決定帶牠去找學校對面的獸醫時，獸醫只說了一句話：「再兩個禮拜，就要生了。」

母貓生下了四隻小貓，因為晨光愛喝汽水，所以把牠們取名為可樂、雪碧、芬達，另外還有一隻毛色較黃的，就叫做沙士。

四隻貓把我們忙得不可開交，小小的一隻抱在懷裡，感覺生命是如此嬌弱。沙士太溫和，牠總是吸吮不到母貓的乳頭，雖然我每次都製造機會給牠，但先天營養不良的牠還是最早離開我，嬌柔的告別了人世。

一路看著其他小貓出生、喝奶、學走路，感受到生命的茁壯與成長是多麼奧妙。

可惜有一天，不知從哪兒冒出一群野狗，把小貓嚇得四處亂竄，從那之後，我再也沒有看見可愛的汽水家族。

那一年秋天，我升上了九年級。時間過得好快，我們又成了校園裡年紀最大的學長學姊，我們又即將要面臨人生不同階段的選擇。春耕、夏耘、秋收、冬藏，我們彷彿收成的作物，等待迎接著我們的果實。

可那一年的秋天，也是個多事之秋……

首先，晨光摔倒了，在那條我們稱為捷徑的階梯步道，我們依然比賽誰會更快跑到山腳。晨光一步沒踩穩，翻了好幾個跟斗，幸好他的身手矯健，及時扶住路樹，才沒有摔成腦震盪。

看見他的手多處擦傷，破皮的膝蓋血流不止，我想起了大薊、金

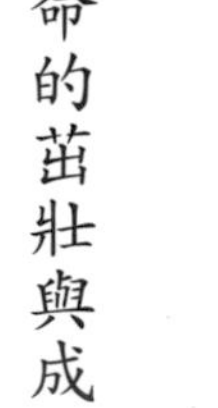

狗毛與三七，這些都是可以外傷止血的藥草。採到些大薊搗爛之後，我敷在晨光的傷口上止血。利用空檔，我還自己去採了些三七，想說它可以散瘀止血，消腫止痛，有很好的造血功效，打算以根入藥。

但我採的竟然是土三七。

土三七和三七不同，它是一種有毒植物，誤食之後，不僅會讓肝臟受損，生命也會受到威脅。我竟然犯了這種離譜的錯誤，還讓晨光服下。當我在晨光家煎好藥端給他喝時，晨光根本不疑有他。

其實三七和土三七並不難分辨，三七的葉子肥大，連結著細莖，像張開的手掌，開的是紅色的花；土三七葉形小，葉子對稱生長，而且它的花朵是黃色的。我不知道我當時的腦袋究竟在想些什麼，我就這樣糊里糊塗的犯下了連我自己都不能原諒的錯誤。

幸好爺爺發現得早，他發現晨光的腹部膨脹，腹腔內應該有超過正常人的腹水。我多麼感激，還好有爺爺。

我一直很驕傲自己有多厲害，可是，這一次，我害晨光肝臟受損，甚至差點害死他，我根本沒有資格被稱為「小靈通」。

那次以後，我再也不和晨光在那條階梯步道比賽跑，我再也不為草藥資料庫新增任何一筆資料。

「真真，這不像妳，妳這就叫做『一朝被蛇咬，十年怕草繩。』妳是那麼容易被打倒的嗎？妳看我，我已經好了，我健健康康的，一點事也沒有。」

但我知道肝臟受損不是皮膚的傷口，只要結痂就可以痊癒。

有好幾次，晨光不死心的約我再去階梯步道，但我再也沒有跑起來的動力。

「妳如果再這樣，我就再摔一次，讓妳再救我一次。」

我說：「我不會救你，我會一直等，一直等，直到爺爺或救護車過來。」

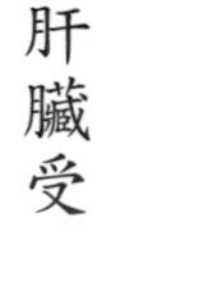

「真真，妳以前的那些自信呢？以前的那些小驕傲呢？」晨光比我還著急。

但我不懂我有什麼好驕傲的，「我只是一個半調子，我什麼都不懂。」

說完，我甩頭就走！

我不知道別人是不是能夠理解，救不了自己喜歡的人反而差點害死他，那種感覺真的很挫敗；以為自己已經什麼都懂，卻什麼也做不了，更讓人感到心灰意冷。

秋天，是收成的季節；秋天，同時也是凋零的季節。

落葉紛紛墜地，它們不再吐出氧氣，爺爺的肺片如葉，也漸漸虛弱，漸漸忘了要正常呼吸。

21 跌落的風箏

大寒——天氣酷寒

深秋結束，朔風起。

十二月下旬，在出發要去台東前，爺爺倒下了。

病榻上的他有一聲沒一聲的咳著。外表看起來，他體重減輕、食慾不振，偶爾咳，有時喘，其他倒也沒喊哪裡疼。

家人望著虛弱的爺爺，爭執著究竟要不要送醫院。

爺爺說：「不用送，我自己就是醫生，我知道怎麼回事。」

我突然領悟，原來爺爺他早就知道，這個暑假他希望待在台東，

對那些老朋友做那麼詳細的叮嚀，是他早就知道。

大伯勸爺爺：「去檢查一下吧，用儀器檢查一下也好。」

「是啊！」爸也附議著。

爺爺不再固執，我看得出來，他只是懶得和他們說話。

透過胸部X光片的檢查得知，爺爺的左肺葉下方有一大片黑影，診斷結果是肺癌末期，當然，這和爺爺經年累月抽菸，有很大的關係。

爺爺只說了兩個字：「回家。」

爺爺沒有痛苦太久，半個月後的一個夜裡，爺爺就在睡夢中，安詳的走了。

他應該是很有福報的，我聽說有福報的人，他們離世，沒有痛苦。

爺爺應得的，他人那麼好，此生救了那麼多人的命。他是一個湧泉以報的人，為了感恩台東的原住民曾經在他年輕時救過他，在他上山採藥差點被山豬攻擊時，先一步將山豬射下，爺爺用他專業的知識，運用當地豐富的藥草資源，回報給當地的居民。

但爺爺也很壞，他明知道抽菸不好，他明知道自己的肺有問題，他還是由著自己任性。

他可以醫好別人，為什麼不醫好自己？為什麼不為愛自己的人好好的活著呢？

爺爺總說夠了，人不能太貪心，他也是時候去找奶奶了。

可是爺爺，小靈通需要您啊！我們相處的時間還遠遠不夠啊！

爺爺走了，在我十五歲生日的前夕，爺爺沒來得及陪我過生日、吃蛋糕。

告別式那天，我直挺挺的跪著，我沒有哭，我想，爺爺不會希望看到我哭。可是我很難過，真的很難過，我不知道應該用什麼樣的言

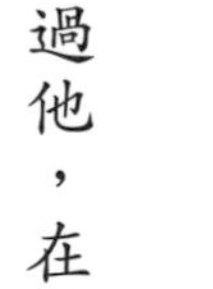

語來形容心中的痛。

是他帶著我去過一個嶄新的生活，是他讓我知道，我的人生除了不斷的被規畫與安排之外，還可以有夢。

那些日子，我的喉頭總像哽著什麼。

我的笑容少了，偶爾我會心悸，我清楚的聽見自己的心臟砰砰砰跳動的聲音。

那些日子，我就像個行屍走肉，生活，失去了許多意義。

大年初三晚上八點，我收到了一則訊息：

可以出來嗎？我在大安公園等妳。

是晨光。

我胡亂編了個藉口，隨意抓了件外套。

晨光不知道我家的地址，他只知道在哪一區。過去，我們從來沒有聊過這個話題，因為覺得不需要，我們從來沒想過，我們會在台東以外的地方碰面。

一看到晨光，我的淚已經湧了出來。這是我第二次哭，第一次是在蜈蚣島，我莫名其妙的被蜈蚣咬，被蜈蚣咬的當時，晨光以為我是膽小鬼，之後他才明白，我不知道有多勇敢，我並不輕易掉眼淚。

我奔向晨光，這時的他早已經比我高出一個頭，再也不需要踮腳尖和我比身高。我環抱著他，正好躺在他胸口，我一直哭一直哭，覺得他的胸口就是一個溫暖的港口。

全世界就他最清楚我和爺爺的感情，我不需要在他面前偽裝，他知道我有多捨不得。

「妳哭吧，我陪妳。」

夜已涼，我蜷縮著我的雙腿，靠在他的肩上。他拿件大外套蓋著我們倆。

我們沒有說太多話，這樣就已經足夠，兩個人，兩顆心，陪伴著。

我的手機每半小時響一次，來電顯示都是媽媽。我只是簡單的回訊息：晚點回去，不必擔心我。

可是媽媽不打算看懂，十點過後，她撥打得更勤了，我一拒接，她就打來。

她乾脆發來訊息：門禁時間已過，快回家。

我看到「門禁」兩個字，突然覺得反感。

快速按了拼音，回傳過去：「說了別擔心，今天晚點回。」然後索性關機。

「這樣好嗎？」

「也讓我任性一次吧！」

我怎麼告訴她，我其實就在家附近的公園，依她的個性，她會出來逮我的。我又怎麼編謊言，說我在同學家，搞不好她還會三更半夜打給我的級任導師，問每一個同學的電話。

我知道她擔心什麼，她擔心我的安全。

但我沒那麼蠢，這裡很亮，附近還有派出所。最重要的是，現在全世界沒有一個比我身邊這個人還讓我信任，他現在是我最熟悉的，停泊的港灣。

「十一點了，回去吧，別讓妳家人操心。」

晨光站起身，從背包裡拿出一張卡片，「吶，這個送給妳，生日快樂！」

他微笑著，我喜歡他的微笑。

我望著小卡，聽著他叮嚀我：「回家才能看！」

「今晚住哪？」

「附近的飯店。」

我們並肩走回家，果不其然，媽媽在門外等著我。

我說：「你走吧，我不會有事的。」然後，大步向門口走去。

「他是誰？你們去哪裡？」媽媽連番質問我。

「一個在台東認識的朋友。」我只想這麼回答她。

爸爸打圓場：「回來就好，讓她休息吧！」

媽媽尊重那天是我的生日，她沒有罵我。可是，她看我的眼神變得不太一樣，今晚的事件讓她恍然大悟，她已經錯過了很多事。以前，她覺得我和爺爺去台東就是陪伴和幫忙，聽爺爺說我表現很好，她也不太過問。但竟然，有一些什麼，在悄悄的發生著。

平時我隱藏得很好，我已經習慣了兩個我，媽媽當然不會發現。

回到房裡，我打開信封，裡頭是一張自製的卡片。

卡片真別緻，整體是一個男生俊帥的側臉。瀟灑的瀏海，孤挺的鼻子，帶著一抹悠然的微笑。

我忍不住打趣：這是從那本漫畫抄來的呀？他該不會認為，自己就長這樣吧？

卡片有一個精巧的設計，做了一個活動式的開關。從整體精細的繪畫、工整的黏貼，看的出來，花了他不少心思與時間。

拉動設計的開關，會碰上一個紅色的愛心，鮮紅色的愛心很醒目，我輕輕拉動著它，滑出了另一張小紙片：

妳摸到了我的心，感受到我的溫度了嗎？

卡片的背後還有一句話：

爺爺雖然已經離開我們，但妳還有我，我願意一直陪著妳。生日快樂，我的俠女！

以前他總是有一搭沒一搭的和我開著玩笑，這一次，算是很正式的告白吧。

隔天，媽媽總想從我口裡問些什麼，她更勤的檢查我的內務了。當我洗完澡，發現床罩被單全都換掉以後，我心裡清楚，她全知道了。

我那張藏在抱枕裡的卡片，還是被她發現了。知道就知道吧，反正我也沒做什麼見不得人的事。

她沒有罵我，只做了一個動作：拿走了我手機裡的sim卡。

爺爺走了以後，真的什麼都變了，媽媽又重新奪回了她的主導權，我再也沒有任何藉口和理由可以離家出走。

國中剩下最後一學期，媽媽對我說，接下來的假日，我都得去補習，趕緊把落後的功課補上。

那一夜，我失眠了，我想了很多，我清楚的知道，我和晨光不可能在一起了。

我在這一頭，他在那一頭，沒有什麼經濟基礎，我憑什麼要他為了我東奔西走。萬一，他發生什麼意外怎麼辦？

還是讓他自由的飛吧，不用牽掛我，應該是更好的選擇。

我好像突然變得成熟，我知道我再也不是天空中可以安穩飛翔的風箏了，放風箏的線已斷，當前的我，只能頹然的跌落在這裡，沒有飛翔的資格。

時間和空間就是劊子手，我不能等劊子手行刑，我要主動離開這

個刑場。

彷彿想明白了未來，我必須做一個了斷。

看著手機裡還儲存的電話號碼，我毅然決然按了刪除。從此以後，這個人，將不會出現在我的任何手機訊息中了，我知道媽媽在想什麼，她打算替我換個號碼，重新開始安排我的人生。

22 悠悠一晃十二年

立春——春季開始

大學畢業，我在設計公司待了四年朝九晚五的工作，但我畢竟不習慣，我不喜歡自己的生活不斷的被安排。

被安排其實有好處，你不需要操太多的心，聽起來沒什麼不好，只是我不喜歡，因為小時候的經驗。

我很想主導一下自己的未來。

於是，我將四年的積蓄拿出來，加上一些貸款，打算回到台東山上，買回爺爺山坡上的鐵皮屋，屬於我們三個人的幸福小屋——方中

街九十九號。

五年前，大伯嫌鐵皮屋的土地太遙遠，出現了買主後，幾經考量，還是決定將鐵皮屋賣給當地人當作倉庫，他說他老了，實在也管不了了。

我曾經在出來工作時回去過一趟，當時門上了鎖，我進不去。但這門鎖鎖不住我對幸福小屋的回憶啊！

當時我站在門外，看著「方中街九十九號」的門牌，升起了一個念頭：我，一定要把幸福小屋買回來。

對，我想要過過自己想過的生活。

爺爺臨終前，躺在臥室木板床上，把我喚了過去。

他用手指舒了舒我的眉毛，對我說：「小靈通，記得要『自在舒活』。」

「自在舒活」是爺爺最後送我的金玉良言了，這一次他來不及用書法和十行紙寫，但我已深深刻在心板。

只是，我花了十二年的時間才真正知道，這四個字說起來容易，要實行起來，多麼難！

託房屋仲介公司幫我聯繫，我想要這塊山坡地，那間鐵皮屋。仲介公司回覆我：屋主希望可以見面聊一聊。

和屋主約好時間，我們將一起巡視。我有個要求，如果屋主願意賣，那麼他搬東西的時候，我希望能夠在。我只是怕他一併把爺爺的東西給扔了，但我同時也擔心自己多慮了，搞不好五年前他買下時，早就將那些東西當作廢物丟棄了。

「真的是妳，小靈通。」

方中街99号

「阿森伯！」

啊，我太高興了，原來買下這間鐵皮屋的是阿森伯。

「我真笨，仲介公司聯絡我屋主是謝先生時，我都沒聯想到是阿森伯您。」

「看來妳這個小靈通的消息是不怎麼靈通囉！」

「早就不靈通了。」

「來來來，讓我看看妳，還是一樣懂事又漂亮。」

這裡的人就是這樣，總是不吝於給別人讚美。

他一邊開門，一邊對我說：「妳爺爺走了以後，每次我們看到這間鐵皮屋就會想起他，我們真的很懷念他。我想，屋子不住，沒有人氣，老舊得也快，才會想要把它買下來，經常來走走。」

打開門，我很開心，那塊有特色的山壁依然存在，依然是房內的一片牆，只不過，塗上了一些漆。

「不塗不行，太潮濕。」阿森伯解釋。

不僅那面牆，爺爺的木桌、鐵櫃、茶几、沙發，全都沒有丟。阿森伯只是多放了一些五金存貨，以及平時用不上又丟之可惜的二手物品。

阿森伯口拙的指著爺爺那些東西說：「我想，那也沒占什麼位置。」

我知道不是這樣，我的心裡充滿感激，忍不住連聲道謝。

「本來我堅持不賣的，後來問了買主的名字，想確定是不是妳。如果真的是妳，那沒什麼話好說，妳比我更適合，也可能方醫師在天上早就知道，只是派我暫時來接手，來等妳。」

我點點頭，覺得這樣的發展真的很好。

「未來有什麼計畫？」

「來的路上我想了很多，我想在這裡開一間養生火鍋店，將鐵皮

屋蓋成兩樓。二樓有一大片落地窗，讓客人悠閒的看看窗外美麗的山和太平洋。山坡地，我會建造一座藥用植物園，每天，我就用這些親手種植的藥用蔬菜，給客人們任意夾取，還有，煮茶給客人喝。」

「我最喜歡妳爺爺泡的白鶴靈芝茶了，以後我一定要常來光顧。」

「和美麗伯母一起來幫我吧，我真的很需要幫手啊！」

「哈哈，要不要把我珍藏的那瓶蜈蚣酒也帶來當鎮店之寶？」

「不用不用。」這阿森伯就愛開我玩笑。

「好，確定是妳，我現在就趕緊去和大家說這個好消息，妳美麗伯母一定很開心。」

我在幸福小屋的周遭走走晃晃，看看自己的藍圖可不可行。我腦海中的景觀設計圖全是依照以前的記憶來設計，也不知道實際上改變了多少。

所幸這裡的改變不是太大，可能不在市區，較乏人問津。但附近的產業道路有拓寬，鋪上了水泥。這是好事，以後交通上會更方便些。

門上彩繪的門牌還在，方中街九十九號，這個晨光希望長長久久的地方。我呆呆的望著爺爺、我和晨光手牽手的畫像，就這樣，不知不覺站到了天黑。

進屋拿條抹布，想把屋裡擦拭清潔，但我發現屋裡挺乾淨的，阿森伯並不是真把它當倉庫，他一定經常來泡茶、整理。

資料櫃裡，還留有以前的問診卡片。我的心裡突然有點小激動，我想找到一張姓夏的，叫做夏晨光。

滿心期待的翻找著他的小卡，終於找到了，他第一次來的時候，爺爺在上頭紀錄著：瘦小、發育慢。然後底下開了帖轉大人的藥方。

爺爺的字體又重新勾起了我的回憶，我記得當時我自告奮勇要幫爺爺寫藥方給晨光，順道還在旁邊寫了五個字：豬頭矮冬瓜。

夏晨光，我想你，你知道嗎？

這些年，我偶爾會想起他，特別決定要買下幸福小屋之後，更容易想起。我想起他第一次來鐵皮屋模仿我的樣子，想起我們一起背書、互相考試，想起我們一同去藥園澆水、捉蟲，想起他老是在我身邊比身高，想起我們一起在階梯步道上奔跑，想起他教我空手道、防身術，想起我差點把他醫死，想起他為了恢復我的自信，寧可再一次被我醫死，想起在爺爺告別式後的夜晚，我抱著他哭得多麼傷心，想起他那張充滿著愛意的卡片……

夏晨光，我真的很想你，你知道嗎？

原本以為，有個知音很容易，後來發現，在人生的路上，能找到一個頻率一致的人，他還願意陪你一起瘋、一起哭、一起笑，這有多麼不容易。

可是，年少的我不懂得把握。
是我把他推開，推得遠遠的。

23 對不起

雨水——雨水增加

想見他，我只想知道他現在過得好不好，我希望當面和他說一句：對不起！

開幕那天，阿森伯把以前經常來鐵皮屋看診的朋友都邀請來了，他們大多成了朋友。

「小靈通，小靈通……」

他們看了我還是親切的叫喚我，有的摸摸我的頭，有的拍拍我的

手，彷彿多年不見的老朋友。

看到他們時，心中百感交集，可是，對我來說，「小靈通」這個稱呼雖美，卻遙遠得有些心痛！

周爺爺走了，阿喜婆婆聽不見了，月珍阿姨已經不良於行，但這一天，她還是坐著輪椅，要帶來她的關心。

我也見著了晨光的外婆。

七十八歲了，健康狀況還很好，但她已經不住在山上，而是搬到花蓮市區和女兒一家同住。

「奶奶，晨光現在在哪一個國家啊？」

我記得他告訴過我，他沒有課業壓力的，高中畢業，他的父母打算讓他申請國外的大學就讀。每次看到世界地圖，我都忍不住想，此刻的他不知道在世界的哪一個角落？

奶奶說：「你們都沒有聯絡啊，晨光他沒有出國讀書。」

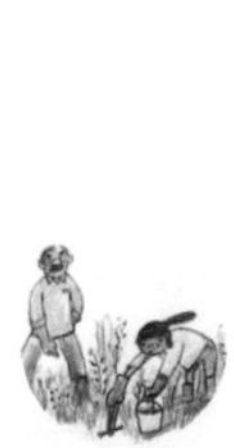

原來，我一直想遠了；原來，我們一直感受著相同的白天和黑夜，感受著差不多的溫度。

更令人想不到的是，爺爺影響了他，他承續了爺爺的腳步，考了中醫執照，走上了救人的路。

開幕這一天，人氣不錯，我託了爺爺的福，熟識的長輩們都來捧場，我忙裡忙外，四處張羅，一天忙下來，忘了會累，心中滿是歡喜知足。

晚上九點，大門「叮咚」一聲，走進來一個人影。

我忙著收空碟子，嘴裡喊著：「對不起，我們打烊囉！」

「還願意……收今天最後一位客人嗎？」這個人影來到我的身邊。

我抬眼，是他。

他對我咧開嘴笑著，說了一句：「好久不見，俠女。」

我端著好幾個空盤子，杵在那兒，像個傻子。

我想過很多次我們重逢的畫面，但沒想過會是這樣，起碼，此刻的我看起來應該是有一點邋遢。

突然，我想起應該回個招呼，我動了動幾根手指，尷尬的說：「嗨！」

「重不重？我來幫妳拿吧！」

他接走了我手中一大疊空菜盤。

我問：「你怎麼一下子就認出了我？」

「一下子？我雖然很晚到，但已經在門外抽了兩根菸，看了妳好一會兒了。」他指了指那扇玻璃自動門。

我看著他的雙眼，正色道：「不要抽菸，可以嗎？」我想起了爺爺。

「好，我戒，盡量戒。」

我微笑著說：「一起吃個飯吧，我也還沒吃。」

「哪有老闆娘像妳這麼忙的？」

「剛開幕嘛！」

來到了幸福小屋的二樓，我們找了一個落地窗邊的位置，夜晚，已經看不到層層疊嶂的山巒與蔚藍色的太平洋，但看得到少數點點的燈火與寧靜。

「這間店的名字真美，雲水間。」

「是啊，就在雲和海之間。」

他看著菜盤下的字牌笑，那上頭寫著建議汆燙的秒數：十秒、十五秒、二十秒。「怎麼，現在喜歡規定人了？」

「是建議啦！你也知道，葉菜類煮太久，會失去它的營養。」

我開這間養生火鍋餐廳主要以藥用蔬菜為主，希望給吃慣油膩的現代人養生和健康。但礙於一些朋友的反應和需求，還是從紐澳進口了一兩樣肉品做搭配，並且增添幾樣沙拉和簡單的熱炒。

晨光觀望了一下室內的裝潢，肯定的點頭說：「看得出來妳很用心。」

「那當然，我就想做一些自己開心的事。」

我和自己說過很多次，再見面，我一定不要和連續劇那種老掉牙的台詞一樣，問對方好不好？

我說：「沒想到你會去讀中醫。」

「那是因為高中畢業的時候，我還抱著一絲希望，希望可以在中醫科系裡碰到妳，搞不好，我們可以當同班同學。」

我遲疑了一下，涮著葉菜的筷子突然不會動了，眼前這個人好傻，對吧？

他也像我想念他一樣想念我嗎？

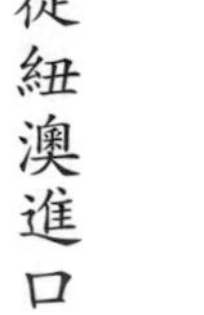

「妳有對象了嗎？」他問。

「是有人追。媽媽經常給我安排相親，但我拒絕，拒絕再接受她的安排。」

我是逃跑的，跑到這裡來。

彷彿是在對自己說，以前我逃不掉，現在我可以了。

「還練空手道嗎？」

「很久沒打了，妳呢？」

「有，我現在黑帶了。」

沒想到我繼續著他沒繼續的，他繼續著我沒繼續的。

他比了比頸間，留意到了我領口的項鍊，「妳還留著？」

「戴得很習慣了。」那條晨光送我的藍寶石項鍊，我將紅繩換成了白金鍊子，這樣串起來比較穩固。有時我習慣摸著葫蘆造型的藍寶石思考，感覺它總是那麼純淨，可以讓我安心。

再相見並不陌生，我們愉快的吃著稍嫌晚的晚餐，還互相考問著熱鍋裡藥草的功能。

他現在當然比我厲害，他是專業又合格的中醫師，而我忘了不少，早已不在同一個層次。

用完餐，我們到窗外的藥用植物園走走。

夜幕早已低垂，但有幾盞昏黃的路燈陪伴。

或許是暖冬的關係，池塘裡的睡蓮開得特別早，青蛙正肆無忌憚的歌唱。

彷彿受到了蛙鳴的鼓舞，我鼓起勇氣說：「謝謝你。」

「謝什麼？」

「謝謝你曾經喜歡過我。」

他微笑不語。

「還有，對不起，我一直想找個機會，和你說聲對不起。」

「我也很想知道，那時候的我，有做錯什麼嗎？」

「沒有。」我篤定的搖頭。

「那妳為什麼突然就不理我了？」

「是我自己的問題。你很好，對我更好。」

呱呱呱，夜裡的青蛙不打算停止牠們的喧鬧，一唱一和的重奏著。

「我不應該在你對我那麼好，用心為我準備卡片之後，殘忍的離開。我很絕情對不對？我一定傷害了你。」

那時候不懂，長大以後才明白，這樣的行為，有多麼傷人。

「對，妳什麼都沒說，突然就像人間蒸發了一樣。」

「我不知道該怎麼跟你說，我只知道我們不可能了。當時，媽媽不願意再放我走，她什麼都知道了。那個年紀的我太青澀，我不懂得處理，我太自以為是，以為我們不再有交集一切就會結束。對不起，

我傷害了你。」

小均告訴過我，晨光找過她，我離開以後晨光生了一場病，他鬱鬱寡歡，總是面容憔悴。

對，世界上最狠心的事之一，就是你判了對方死刑，卻沒有告訴他原因。

「下次不知道該怎麼說，就實話實說吧！傾聽妳自己內心的聲音，然後告訴對方。」

「嗯，那時候我不告而別，真的很壞，對吧？」

我有什麼資格祈求別人的原諒呢？

「那時候的我的確很難過，難過妳不相信我，不相信我可以等妳。我曾經想，我們一定可以用足夠的勇氣去面對任何挑戰，可是，妳連機會也沒有留給我。」

「對不起！」我再一次小聲的說。

他笑了：「傻瓜，別再說對不起了，這個晚上妳已經說第四遍了！我沒有要怪妳。」

我低頭不語，盯著他的腳尖，心想：總覺得自己的人生沒有對不起誰，唯獨你。

「別替我擔心，受傷之後，會更強大。」

晨光咧開嘴，笑著安慰我，他依然有著一口白牙。

24 圓滿與起點

驚蟄——驚蟄始雷，冬眠動物驚醒

「後來我也懂了，不是所有曾經相愛的人都會在一起。妳曾經給了我很多美好的回憶，這就夠了。後來也是因為想見妳，才讓我發憤圖強去考中醫，說起來，也要謝謝妳無形的砥礪，還有，謝謝爺爺的啟蒙。」

「找一天，我們一起去祭拜他好嗎？」

「當然，那一直是我的心願。」

後來，他給我看他的皮夾，就著昏黃的燈光，我看見皮夾裡有張

照片，是他的全家福。

女孩很美，五官精緻，看起來溫婉嫻淑；一個孩子天真又可愛，我看著照片裡的晨光摟著他的妻子，環抱著可愛的孩子，笑得非常燦爛。

「她叫珮宜，在我大四的時候輕輕柔柔的走進了我的生命裡，是她帶我走出黑暗。說起來還是妳教會了我，要對別人更好，妳還是給了我愛人的勇氣。我告訴自己，我曾經錯過了一個好女孩，所以，我牽起了她的手，我不想再錯過。」

聽他這番珍惜的言論，我有那麼一點點心痛。

誰的青春不懵懂？誰的青春沒有一些磕磕絆絆？在青春成長的路上，感謝有一些人愛過我們、也感謝有一些人傷害過我們。因為傷害，才讓我們更懂得珍惜。回頭看那些愛和傷害，都成了生命中的滋養，都證明了我們的青春，確實存在。

晨光說：「我衷心希望妳也幸福。」

「會的。」我輕輕給了晨光一個擁抱，說：「好聚好散。」彷彿這句話，我十二年前就應該說。

「好聚好散。」他拍了拍我。

當年我們年紀小，我不懂得怎樣好聚好散。分手也是一門學問呢，課堂上從來不會教，爸媽從來不會教，但它很重要。很多傷害其實不需要，但很多人都是在跌倒之後，才得到領悟。

道別之後，我獨自走回我的「雲水間」，感覺如釋重負，好似彌補了一個多年以來的缺口，心滿意足。

我欣喜我的青春歲月中曾經出現過夏晨光，幸好是他，他單純、耿直，他寬容、大器，不曾對我口出惡言。

雨果有一句名言：「世界上最寬闊的是海洋，比海洋更寬闊的是天空，比天空更寬闊的是人的心。」每每看到新聞事件出現情殺、出

現不願意放手的一方所顯露出的執著與仇恨，我都不免慶幸，慶幸自己遇到的是夏晨光。

或許我們都應該學會隨順因緣，必要時放手，好好說分手。

我在心裡說：夏晨光，謝謝你，祝你幸福，永遠～。

過去，我的心一直遺留在方中街九十九號，現在，我的人回來了，我可以帶著我的心一起向前走。

清晨五點，沒有爺爺叫醒我，我早起並且推開方中街九十九號的大門，如今是「雲

水間」。

我曾經以為自己會是個醫女，我曾經在這裡接受過一段扎實而嚴密的魔鬼訓練，但人生充滿變數。人生，偶爾有過不去的坎，不是你想怎樣就可以怎樣，但我已經感到很幸福。我的心裡充滿感謝，感謝爺爺、感謝晨光、感謝我在這裡曾經遇到過的一切。

看著日光晨曦，我張開雙臂輕輕的呼吸吐納，這一切，多麼美好……

在屬於你的方中街遊走（後記）

我是一位童書作家，我一直以身為童書作家為榮。

正因如此，我總希望自己可以再活得開闊些、單純些，願意思考，願意有些開創。有朋友以為，我的筆沒停過，其實不然，我在寫作上有點兒慵懶，我其實做更多的是生活，學習讓自己變成一個更好的人。和酷酷的外表不一樣，我喜歡沉浸在愛裡，讓自己成為愛的發光體。或許，這樣的想法會投射在作品中，找到一種特質，叫做溫暖。

這本書滿足了個人的一些想望：有段時間，我特別喜歡中醫，經

常看相關書籍。說來有趣，這部小說像齣戲，在這虛構的作品裡，我彷佛真實的經歷了一些，演繹著主角們的片段人生。《方中街99號》以絜矩之道貫穿，談中醫、談傳統、談愛、談青春……。在形式上搭配著二十四節氣，在事件、人物、心境及情節發展上有著深深淺淺的對應。二十四節氣看似無關緊要，卻與我們的生活緊密聯繫，我只想表達，唯有順時，這大我中的小我才得以安然。

這個時代的孩子愈來愈早熟，兩性相處成了必須及早面臨的問題。我總樂觀的想，如果心理素質夠成熟，一切傷害其實沒必要存在。我不捨他們受傷，更不希望他們在恨中成長。

在小說創作的路上，想特別向幾個人說謝謝。謝謝張清榮老師，讀大學時，因為作業要求，使我完成了人生第一篇短篇小說，是我小說創作的啟蒙，至今，我仍留著老師批改的作業手稿呢！謝謝兒文所，謝謝指導老師張子樟教授，老師從未手把手教過我如何寫作，

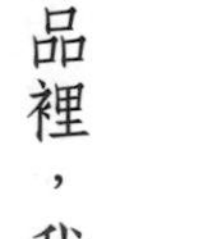

我也從未請他針對作品點評過，但他平時要求嚴謹，論述亦有如明燈，提點著我們，要從表層走向深層；謝謝許建崑老師，博班時期，學校邀請他開青少年小說的課，當時一對一、一對二教學一直是我美好的回憶，我們共讀了許多本短篇小說，謝謝他包容我發表不成熟的心得。更要謝謝我的老公阿正哥（通常這樣甜甜的稱呼可以換來一句正妹），他總被迫成為我交稿前第一也是唯一一個讀者，然後我眼巴巴的望著他，等他吝嗇的伸出他的手指頭，（一根手指頭代表一顆星），接著下幾句短評。像不像販賣豬肉，因為他的把關認可，才能成為優良肉品？

謝謝九歌出版社，這二十多年來不間斷的支持國內少兒文學創作，特別是少年小說。

我相信，每個人都有一條屬於自己的方中街，願意在這裡奉獻，在這裡自我肯定，祝福你也可以在自己的方中街自在的遊走，揮灑出

生命的價值。

我用這本書紀念青春，也獻給即將前行或已徐行穿越的你。

末了，方中街正在召集粉絲，歡迎您的加入，若有任何有關青春的話語想要分享，可以到這裡：www.facebook.com/childrenforever111

花格子

於二〇一五年七月

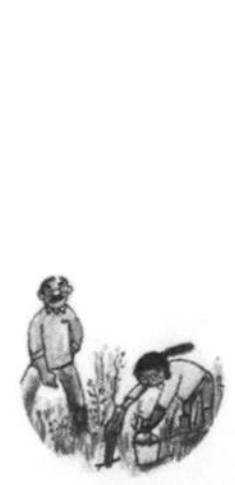

九歌少兒書房 242

方中街99號

著者　花格子
繪者　蘇力卡
責任編輯　鍾欣純
創辦人　蔡文甫
發行人　蔡澤玉
出版發行　九歌出版社有限公司
臺北市八德路3段12巷57弄40號
電話／25776564・傳真／25789205
郵政劃撥／0112295-1
九歌文學網　www.chiuko.com.tw
印刷　晨捷印製股份有限公司
法律顧問　龍躍天律師・蕭雄淋律師・董安丹律師
初版　2015年8月
初版 2 印　2017年8月
定價　**260元**

書號　0170237
ISBN　978-986-450-007-9
（缺頁、破損或裝訂錯誤，請寄回本公司更換）

國家圖書館出版品預行編目(CIP)資料

方中街99號 / 花格子著 ; 蘇力卡圖. --
初版. -- 臺北市 : 九歌, 民104.08
面； 公分. -- (九歌少兒書房 ; 242)
ISBN 978-986-450-007-9(平裝)

859.6 104011495